Fernando Pessoa
費爾南多‧佩索亞

1888年出生葡萄牙里斯本，童年多半在南非德班度過。1905年，他回到里斯本就讀大學，最後因為想要自學而休學。他為多家商務公司翻譯外國信件並以此維生，同時以英語、葡萄牙語、法語大量創作。1918和1921年，他自行出版了小型英語詩集，葡萄牙語詩作亦經常登上文學評論專欄。以愛國為主題的詩集《訊息》於1934年榮獲國家大獎。佩索亞最精彩絕倫的作品皆是以三個主要「異名者」創作：阿爾伯特‧卡埃羅、阿爾瓦羅‧德‧坎普斯、里卡多‧雷斯，佩索亞甚至寫出這三人栩栩如生的介紹，並賦予三人截然不同的寫作風格及觀點。此外，佩索亞亦創造出幾十個作家身分，包括出納員助理貝爾納多‧索亞雷斯，也就是《不安之書》的虛擬作者。雖然大家眼中的佩索亞是一名知識分子兼詩人，然而直到他1935年辭世，佩索亞的文學天賦才廣受認同。

張家綺｜譯者

畢業於中興大學外國語文學系，英國新堡大學筆譯研究所，現任專職譯者。

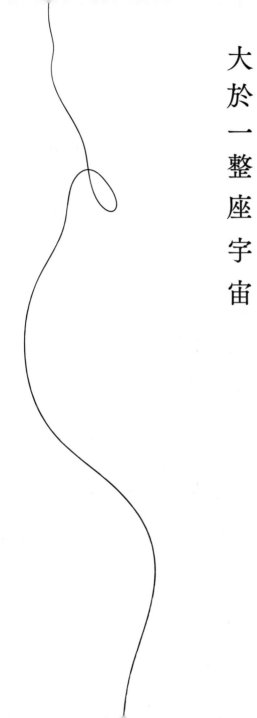

佩索亞　詩選

我的心　稍微

大於一整座宇宙

Fernando Pessoa

費爾南多‧佩索亞———著

張家綺———譯

Golden Age　45

我的心稍微大於
一整座宇宙【佩索亞｜詩選】
A little larger than the entire universe

作　　　者	費爾南多‧佩索亞
譯　　　者	張家綺
社　　　長	張瑩瑩
總 編 輯	蔡麗真
責　　編	徐子涵
校　　對	魏秋綢
行銷企劃	林麗紅、蔡逸萱、李映柔
封面設計	莊謹銘
內頁排版	劉孟宗

出　　版　野人文化股份有限公司
　　　　　地址：231 新北市新店區民權路 108-2 號 9 樓
　　　　　電子信箱：yeren@yeren.com.tw
發　　行　遠足文化事業股份有限公司 (讀書共和國出版集團)
　　　　　地址：231 新北市新店區民權路 108-2 號 9 樓
　　　　　電話：(02) 2218-1417　傳真：(02) 8667-1065
　　　　　電子信箱：service@bookrep.com.tw
　　　　　網址：www.bookrep.com.tw
　　　　　郵撥帳號：19504465 遠足文化事業股份有限公司
　　　　　客服專線：0800-221-029
法律顧問　華洋法律事務所 蘇文生律師

印　　製　呈靖彩藝有限公司
初版首刷　2022 年 4 月
初版二刷　2023 年 9 月
9789863847045 (精裝)
9789863847069(EPUB)
9789863847052(PDF)

國家圖書館出版品預行編目 (CIP) 資料

我的心稍微大於一整座宇宙（佩索亞｜詩選）/ 費
爾南多・佩索亞著 ; 張家綺譯 . 初版 . 新北市：野
人文化股份有限公司出版：遠足文化事業股份有限
公司發行 , 2022.04
432 面；12.8×19 公分・(Golden age)
譯自：A little larger than the entire universe.
ISBN 978-986-384-704-5(精裝)

879.51   111004160

目次

關於佩索亞與他的異名者

　　費爾南多・佩索亞的作品主要分成兩大類，也就是俗稱的本名和異名。由於並不算是真名和假名，所以不適用這兩種名稱。所謂的假名還是作者本人，只是作品署名並非本名，異名則是作者透過非本人的名字進行創作的作品，而這些都是作者自己創造出來、角色完整的人物，而作品就像他透過戲劇角色說出的台詞。

　　佩索亞的異名作品（目前）來自三個人物：阿爾伯特・卡埃羅、阿爾瓦羅・德・坎普斯、里卡多・雷斯。這些角色應該與作者本身分開而論，自成一格，擁有各自的戲劇設定，三個人合在一起又構成另一部劇。阿爾伯特・卡埃羅自稱生於 1889 年，卒於 1915 年，創作方向明確。另外兩人是他的學徒，分別（如同一般學徒）承襲老師不同的創作理念。里卡多・雷斯自稱出生於 1887 年，承襲卡埃羅作品的知識層面及多神信仰，賦予其獨特風格。阿爾瓦羅・德・坎普斯出生於 1890 年，（可說是）擷取老師作品的情感層面，也就是他所說的「感覺主義」，亦結合其他來自華特・惠特曼的影響力，雖然相較之下不強烈卻顯而易見，進而衍生諸多作品。這些人的本性教人厭惡，而佩索亞特別有感，但他再怎麼不苟同也別無選擇，只能揮動筆桿，出版發行。如先前所言，這三位詩人的作品構成一篇完整故事，彼此之間的才智互動，以及實際的人際關係佩索亞也經過了一番研究，並在出版時為他們加上個人簡介，搭配星座命盤，甚至可能有照片，於是這並不是以不同幕、而是以不同人物區分的戲劇。

　　（至於這三個角色是否比費爾南多・佩索亞本人來得真實，這道哲學問題無關乎神祇的奧祕，因此並不牽涉現實，即使是佩索亞本人也無法解決這個謎團。）

（以上摘自佩索亞於 1928 年發表的〈參考書目摘要〉）

以下摘錄有關該題材的筆記：

我的眼前看見無色卻真實的夢境空間，卡埃羅、里卡多·雷斯、阿爾瓦羅·德·坎普斯的臉孔與姿態。我賦予他們年齡，杜撰他們的人生。1887年（我不記得何月何日，但肯定寫在哪裡），里卡多·雷斯生於波爾圖，他是一名醫師，目前旅居巴西。阿爾伯特·卡埃羅生於1889年，卒於1915年，出生於里斯本，但大部分都住在鄉下，無業，從未受過教育。阿爾瓦羅·德·坎普斯1890年10月15日生於塔維拉……如你所知，坎普斯是一名船舶工程師（曾至蘇格蘭格拉斯哥深造），目前居住於里斯本，無業。卡埃羅身材中等，可是健康欠佳（死於肺結核），似乎比表面來得孱弱。里卡多·雷斯身形短小精悍、結實精瘦。阿爾瓦羅·德·坎普斯高䠷（175公分，高了我將近3公分），纖瘦、略微駝背。三人都沒有蓄鬍，卡埃羅擁有蒼白膚色、湛藍瞳孔，雷斯膚色較黑，坎普斯的膚色既不黑也不白，容貌有點像葡萄牙猶太人，不過旁分的髮絲柔順，還戴了單邊眼鏡片。我先前說了，卡埃羅幾乎沒受過教育，只有小學畢業，年紀輕輕就痛失父母，於是留在家，靠家族房地產的微薄收入維生，跟年邁姑婆同住。里卡多·雷斯上過耶穌會高中，我先前提過他是內科醫師，因為個人支持君主的理念而自願流放至巴西，自1919年起就住在那裡。他是受過正式教育的拉丁語言學家，並自修研究希臘文化。阿爾瓦羅·德·坎普斯自普通高中畢業後，前往蘇格蘭進修工程學，先是機械工程，後來攻讀船舶工程。曾經在休假時旅遊至東方，寫下〈鴉片〉這首詩，他的拉丁文是貝拉區擔任牧師的叔叔傳授的。

我是如何以這三者之名創作的？當靈感乍現，透過卡埃羅出其不意降臨，我不知不覺、下意識地以他的名字創作。抽象冥想突然在頌歌出現具體形象後，我會以里卡多·雷斯之筆寫下。坎普斯則是我感受到突如其來的衝動時，沒有緣由動筆的創作。

（以上摘自1935年1月13日的信件）

阿爾伯特・卡埃羅

我不是唯物主義者，也不是自然神論者，我什麼
都不是。我只是一個某日推開窗戶，發現這個關鍵的
男人。我發現大自然的存在。我看見樹木、河川、岩
石是真實存在的事物，可是卻從來沒人思考過這件
事。

除了世界上最偉大的詩人，我不想假裝自己是什
麼大人物。我斬獲史上最有價值的偉大發現，跟這些
相比，其他都是小巫見大巫。我注意到宇宙，關於這
點，眼光犀利明亮的希臘人只顯得渺小。

（摘自於西班牙比戈進行的阿爾伯特・卡埃羅「訪談」）

節選自《牧羊人》

Fernando Pessoa

II

我的目光如太陽花澄澈。
我慣常在路上走著
左顧右盼
偶爾瞥向後方
而每一刻我都看見
前所未見的新事物，
我呢，擁有一雙雪亮的眼。
能夠感受到一種驚奇，
猶如一個新生兒
能夠真實注意到自我誕生。
每分每秒我感覺宛若新生
降臨這個煥新世界……

我相信世界，正如相信一朵雛菊，
因為我看見了它，卻不需思考，
因為思考就是不理解。
而世界並非讓我們細究而存在
（思考代表觀看不夠洞察）
它需要的是觀看與認同。

我沒有哲理，我有感官……
若我論及自然，並不因為我認識自然
而是因為我深愛著它，這是唯一理由，
因為真正去愛的人從不知道自己愛的是什麼
抑或他們為何而愛，何謂愛。

愛是純真，
而純真的重點絕非思考……

1914.3.8

IV

今日午後一場大雷雨
滾下蒼穹斜坡
彷若一顆巨石⋯⋯

有人抖了下桌巾
從高窗上抖落的
碎屑，一併墜落，
墜地時發出聲響，
雨水自蒼穹瀟瀟而下
昏黑了路途⋯⋯

閃電推擠著天際
震撼著空氣
猶如一顆搖晃說不的碩大頭顱，
不知何故（畢竟我其實不恐懼），
開始向聖巴巴拉 * 祈禱
好像我是誰的老姑姑⋯⋯

啊，向聖巴巴拉祈禱的我
感覺比我自己的想像
還要單純⋯⋯
我感到平凡而宜家，
彷彿我畢生都活得
心如止水，一如花園圍牆，
我擁有思想與感受，猶如
一朵擁有芳香與豔色的花朵⋯⋯
感覺自己像是信仰聖巴巴拉的人⋯⋯

* 十四救難聖人之一，是各種疾病和問題的守護者，常見帶著鎖鏈和一座塔。
聖巴巴拉別名白芭蕾，主管發熱和猝死。

啊，一個能夠信仰聖巴巴拉的人！

（信仰聖巴巴拉的人是否
認為她與我們相似而有形？
或者他們都是如何看待她？）

（羞不羞愧！花兒、
樹木、羊群又怎會認識
聖巴巴拉？⋯⋯倘若樹枝，
有思考能力，絕不會
發明出聖人或天使⋯⋯
他們可能以為太陽只是
照亮天空，而閃電
只是一種源自於光
的瞬間巨響⋯⋯
啊，就連最單純的男人
在那植物與樹木
單純的簡單
健全存在的襯托下
都一副病容、迷惘愚笨！）

思及這一切種種，
我的快樂又減少了⋯⋯
變得鬱悶陰沉難受
猶如一整天威嚇連連的閃電打雷
到了夜晚依舊不發動襲擊。

VI

思考上帝等於違抗上帝，
畢竟上帝不想要我們認識他，
於是他從不在我們面前現身……

讓我們保持簡單平靜，
猶如樹木溪流，
上帝會愛我們，讓我們
猶如樹木是樹木
溪流是溪流般平等，
在春季，綠意的季節，為我們帶來綠意
亦帶給我們生命盡頭依靠的河川……
他不會給我們更多或更少，只因給予太多
只會讓我們變得不像我們。

VII

我自村莊瞥見的宇宙，正如
我從大地瞥見的一整個宇宙，
於是，我的村莊猶如小鎮般寬闊，
而我是我自己眼中的身高
不是我實際的身高⋯⋯

城市的生命渺小
不若我在山巔上的房屋。
城市裡的高聳建築遮蔽了視野，
隱藏了地平線，讓我們的視線從廣大天空
移開，
它們令我們渺小，將遼闊天際從人類目光
抹去，
城市使我們貧窮，畢竟視野是我們唯一的財富。

VIII

某個晚春正午
我做了一場真實如相片的夢。
目睹耶穌基督降臨人間。

他爬下山坡
重回童年時光
在草地上奔馳翻滾，
摘下花朵，往回拋擲，
開心大笑從遠方都能聽見。

他逃離天堂。
與我們相似，無法佯裝
三位一體的第二位。
天堂裡萬物虛構
與花兒樹木岩石不相同。
天堂裡他總得嚴肅
偶爾又得化身人類
登上十字架，永恆垂死
頭頂戴著荊棘皇冠，
碩大鐵釘穿刺他的腳，
連腰間都得圍著破布
彷若圖畫書中的非洲黑人。
不若其他孩子
甚至不得擁有父母。
他有兩個不同父親——
一是名為約瑟的老人，一名木匠
他並不是他的生父，
還有一隻愚蠢的鴿：
世上唯一醜陋的鴿，
只因牠並非真實來自這世界的鴿。

他母親不曾被愛過便誕下他。
她並非女人：而是一卡皮箱
由她從天堂帶來他。
他們想要他，僅有一個母親
不曾擁有一個能崇拜敬愛的父親
的他佈道良善與正義！

有天上帝正在夢鄉
聖靈四處飛翔，
他便去裝有奇蹟的箱子，偷走三樣奇蹟。
他利用第一個奇蹟讓人看不見逃跑的他。
利用第二個讓自己永遠為人，永遠
當個孩子。
又利用第三個製作一個永恆受難的基督
被釘在天堂的十字架
作為全人類的模範。
然後他逃向太陽
乘著第一道捕捉到的日光降落人間。

今天他與我住在同一個村莊。
是個笑聲迷人的單純孩子。
右臂抹著鼻子，
踩得積水到處噴濺，
摘下花兒，疼愛它們又遺忘它們。
他朝驢子扔擲石頭，
在果園裡竊取果實，
尖聲哭喊著逃離惡犬。
他知道女孩子不喜歡，
大家又覺得好笑，
於是他追逐女孩

趁她們成群結隊在路上走著
頭上頂著水壺，
掀起她們裙襬。

他教會我所有的知識。
他教我如何觀察事物。
他帶我認識花兒的全部。
他帶我了解石頭的奧妙
我們手裡捧著石頭
靜靜凝望它們。

他說了許多上帝的壞話。
他說上帝是個愚笨噁心的老男人
老是穢言汙語
朝地上吐出唾液。
聖母瑪利亞在無盡的午後編織。
聖靈用它的喙嘴替自己搔癢
棲息在椅子上，汙穢了椅子。
天堂的萬物皆愚蠢，一如天主教堂。
他說上帝什麼都不懂
對他創造的萬物一竅不通。
「若真是出於他手，我可深表懷疑，」他說。
「例如，上帝說所有生命都在歌頌他的榮耀，
可是生命並不歌唱。
若歌唱，他們就是歌手。
生命存在，僅此而已，
所以它們才叫生命。」

接著，說累了上帝壞話，
小男孩耶穌在我膝上沉沉睡去

我雙臂抱起他回家。

◇　　　◇　　　◇

他住在我那半山腰的家裡。
他是永恆之子，迷失的上帝。
他的人性完全自然。
在他的神性裡微笑玩耍。
於是我內心毫無存疑
他就是真正的小男孩耶穌。

這充滿人性而神聖的孩子
在我的日常生活是名詩人。
他一直與我同在，於是我一直是詩人。
那驚鴻一瞥
為我內心填滿感觸，
微弱不已的聲音，無論是什麼，
似乎都在對我傾訴。

與我共存的新生之子
對我伸出一隻手
另一隻手則交給存在的萬物，
我們三人隨興踏上一條道路，
又跳又唱又笑
享受我們之間的祕密
知曉世界上下
並無奧祕可言
萬物皆有價值。

永恆之子永在一旁。

我的眼光依循他探出的指尖。
愉快聆聽每個聲音
那是他在搔弄我的耳。

我與他相處融洽
有了萬物相伴
我們對彼此不假思索，
然而我倆同住一起，
親密相繫
彷如左手右手。

一日將盡，屋前門階上
我們擲著距骨玩，
帶著上帝與詩人的莊嚴肅穆
彷彿每一塊距骨
都是一整座宇宙，
若是如此，可就危機重重
哪怕是一塊距骨擲落地面。

我告訴他純粹的人類事物
他微笑傾聽，因一切不可置信。
他嘲笑著國王和不是國王的人，
聽說戰爭時深感遺憾，
為了商業，那些船舶
最後只成漂浮在鼓脹海面的煙霧。
因為他知道一切都缺乏真相
一朵存在於盛開花朵的真相
以及陽光灑落
山丘和河谷
抑或刷白牆面，使我們雙眼刺痛的真相。

他陷入夢鄉，我抱他來到床畔。
我的雙臂抱著他步入屋裡
放下了他，褪去他的衣裳
輕緩地彷彿無比純淨，充滿
母愛的儀式，解到一絲不掛。

他睡在我的靈魂裡
偶然在夜裡驚醒
與我的夢境嬉耍。
在空中**翻轉**夢境，
一一堆疊，
他逕自鼓掌，
對我的夢寐露出微笑。

❖　　❖　　❖

等我死去，我的兒，
讓我成為那個孩子，一個幼子。
請用雙臂抱起我
帶我走入你屋裡。
褪去穿戴疲憊人形的我
在你睡床上為我蓋好棉被。
若我驚醒，對我訴說故事
讓我再度沉沉睡去。
把你的夢交給我嬉耍
直到那一天到來
你知道會到來的那一天。

❖　　❖　　❖

這就是小男孩耶穌的故事，
還有什麼好理由
可以說明這個故事的真實
比不上哲學家的思想
以及所有宗教教條？

IX ─────────────────

我是一名牧羊人。
綿羊是我的思想
我所想皆我所感。
我以眼、耳
手、腳
鼻、嘴思考。

要觀看嗅聞才能思考一朵花，
要懂得其真諦才是真正吃下一顆果實。

這就是為何在某個炎熱日子
我享受，同時也感到悲傷，
我躺進草地
闔起炙暖雙眼，
感到全身徜徉在現實裡，
我知道真理，於是快樂。

XIII

輕輕地，輕輕地，輕輕巧巧地
風輕巧經過，
亦輕巧離去，
我不知道我在想什麼，
也不想知道。

XIV

我不在意韻腳。
雙木比鄰，鮮有雷同。
我思索書寫，猶如每朵花擁有獨立的色彩
然而我的表達卻無法完美，
畢竟我缺乏只如同外表
的神聖單純。

我看見，我流動，
我如滑下斜坡的水一般流動，
我的詩如騷動的風一般自然⋯⋯

1914.3.7

XVI

倘若我的人生就是一台牛車
在日光乍現之刻，
清早轆轆駛上道路，傍晚
再沿著同一條路回到出發之地⋯⋯

我不再需要希望，只需要輪子⋯⋯
年老時我也不會有皺紋白髮⋯⋯
等我無用武之處，輪子會被拆除
我則廢棄溝渠，破損
　　翻覆。

或者我將被改造成其他物品
卻無法得知自己成了什麼⋯⋯
我絕對不會再是牛車，我將改變。
但究竟成為什麼，卻也不會有人告訴我。

1914.3.4

XVII

沙拉

我的餐盤盛滿自然的薈萃！
植蔬是我的姊妹，
是泉水的伙伴，
亦是那無人拜禱的聖者……

它們被料理上桌，
在人聲鼎沸的飯店裡
抵達的旅客帶著折疊被毯
漫不經心點了份「沙拉」，

旅客們從未想過，自己要求自然之母奉上的
是她鮮嫩水靈的長子，
是她第一句蒼翠的話語，
是最初閃爍光芒的生命萬物，
那是諾亞親眼見證的景色
大水退去，山頭顯現
潮濕又濃綠，
而在白鴿展翅的藍天
彩虹開始退去……

1914.3.7

XXI

倘若我的牙能咬下整片大地
真真實實品嚐它的滋味，
有那麼一瞬，我會感到更加幸福……
我也並不想要永遠的幸福。
畢竟偶爾的不幸
才是自然之道。
晴朗的日子不會每天都有，
若逢旱季，我們也要祈雨。
我接受幸福，也接受不幸
如此理所應當，就如我並不讚嘆
那高山平原
石礫綠茵……

要保持自然
並以平常心面對幸與不幸，
把感受當成用眼觀看去感受，
把思考當成用腿行走去思考，
記得當死亡降臨、白日消亡之時，
夕陽正美，殘存的黑夜
亦如是……
這就是自然之道，也是我所渴望……

1914.3.7

XXVI

有時，在光線精準且完美的日子裡，
萬物跟它們的原貌一樣真實，
我輕輕問自己
何必大費周章描述
以美形容萬物。

一朵花真的擁有美嗎？
一顆果實能擁有美嗎？
不：它們只擁有色澤與形狀
它們只是存在。
美是不存在之物之名
為了答謝萬物饋與我的美好，
我稱它們美。
所以這名字毫無意義。
我又何必以美形容萬物？

沒錯，即便是我，只為生存而活的我，
也會無意間聽見人類的謊言
關於萬物的謊言，
關於單單存在的萬物的謊言。

只做自己，只看見萬物有形的本質
何其困難！

1914.3.11

只有自然是神聖的,然而她並不⋯⋯

若我偶然在言辭中賦予她人格
是因為談論她
只能透過人類語言,
而人類的語言必須為事物冠名
加諸性格。

可是萬物本無名亦無性格:
只單純是萬物,天廣漠,地蒼茫,
我們的心是拳頭握起的大小⋯⋯

我的無知是一種幸福。
我多麼幸福⋯⋯
像是知曉太陽存在的人,享受著。

今日我拜讀了近兩頁
某位神祕詩人的著作，
痛哭流涕般狂笑不已。

神祕詩人全是病態哲學家，
而哲學家皆是瘋人。
因為這些詩人們說花亦有感，
石亦有魂
且月光下的河水狂喜不止。

花若有感，便不是花，
而是人；
石若有魂，便是生命，
而非石頭；
假設月光下的河水狂喜不止，
河水就是癲狂之人。

唯獨不知曉花朵石頭河水
為何物的人
方可暢談它們的感受。
滿口石頭、花朵、河水靈魂
的人
訴說的只是自我感覺和誤解。
感謝上帝，石頭只是石頭，
河水不過是河水，
花朵也只是花朵。

至於我，寫下詩句
已經心滿意足，
因為我明瞭我只懂大自然的外在，

並不懂它的內在，
畢竟大自然並無內在。
若有，便不是大自然。

XXX

若你希望我是神祕主義者，好，那我便是。
我是神祕主義者，但僅限於我的肉身。
我的靈魂單純而不假思索。

我的神祕主義就是不想知曉。
只是單純活著，不加思考。

我不識大自然：我歌頌它，
高居山頂
一棟與世隔絕的漆白房屋，
而那就是我的定義。

XXXI

如果有時我說花會笑
河水會歌唱，
不是因為我相信笑語隱藏在花中
抑或相信流動的河水中有曲調……
我只是協助迷惘誤信者
感受花與河的真實。

為了他們閱讀而寫的我，有時
屈尊迎合他們的愚昧感官……
雖不可取，但有因由，
我是可憎的要角，大自然
的翻譯，
只因有人不懂大自然的語言，
那根本說不上是語言的語言。

XXXIII ————————————

可憐的花朵在修剪整齊的花圃裡
模樣看著像畏懼警察……
然而如出一轍綻放的它們如此真實，
它們擁有如出一轍的遠古色澤
保留第一個男人初次凝視花兒時的
原始面貌
看見花朵的他驚艷，伸手
輕撫
好讓他也能以手指觀看。

XXXIV

我發現不思考是如此自然
自然到有時我獨自放聲大笑
卻不知為何而笑，只知道絕對和
那些愛沉思的人有關……

我的牆壁對我的影子有何想法？
有時我不禁好奇，直到我發現
自己竟為物體深陷沉思……
然後忍不住對自己氣惱厭煩，
彷彿發現自己的腳正在昏睡……

一物對他物會有何想法？
毫無想法。
大地是否知曉它蘊藏著石頭與植物？
若有知，它便是人，
若是人，它就有人的天性，
而不再是大地。
可是這又與我何干？
倘若我思考這些事，
就再也看不見樹木植物
再也看不見大地，
只看得見我的思想……
我會憂傷躲在黑暗之中。
我不思考，但我擁有廣闊天地。

XXXV

穿透參天樹枝瞥見的月光
所有詩人都說，比那
穿透參天樹枝瞥見的月光豐盈。

可是對我而言，先不論我的想法，
穿透參天樹枝瞥見的月光，
儘管是
穿透參天樹枝瞥見的月光，
實際上並沒有比那
穿透參天樹枝瞥見的月光豐盈。

XXXVI

有的詩人是藝術家
他們雕琢詩詞
宛如木匠切割木板！……

不懂如何綻放是多麼可悲！
砌牆一般堆疊詩句，
確認字字精確，否則一律移除！……
然而唯一真實的房屋是這片大地，
大地變化萬千，永遠精確，一如既往。

我像一個不思考的人一樣思考
這回事，
我凝望著花兒微笑……
我不知道它們是否懂我
抑或我是否懂它們，
但我明白真理在它們之中，在我之中，
在我們共同的神性之中
能夠不執著地安居於這塊大地
在四季裡滿足相擁
讓風兒輕柔為我們哼唱安眠曲
夢寐中也不再有夢。

XLI

某些薄暮降臨的夏日時刻，
即使空中無風，卻似乎
在一瞬間揚起細微的氣流⋯⋯
然而樹木毫無動靜
樹葉仍是平靜的樹葉。
我們的感官製造假象——
在那瞬間，假象滿足了感官⋯⋯

啊，我們的感官，病態的觀察家和聆聽者！
若我們真是我們該有的樣貌，
就不需要任何假象⋯⋯
以清醒與生命去感受就已經足夠，
甚至不需注意到感官的存在⋯⋯

但感謝上帝，世界存在不完美，
不完美的確存在，
而謬誤之人的存在獨具一格，
病態之人的存在則讓世界變得
別有意思。
若不完美不存在，就少了一種存在，
而世上理應多樣多變
才有許多能讓我們聆聽觀看的事物
而我們只需張開雙眼與雙耳⋯⋯

1914.5.7

XLIII

鳥兒飛越天際不留下一絲痕跡，好過
動物行走後在地上留下印記。
鳥兒飛逝人便淡忘，天經地義。
離去的動物不復再見，未來亦無貢獻，
印記只是徒勞顯示存在的曾經。

紀念是對大自然的背叛，
因為昨日的自然並非自然。
昨日就是無物，紀念就是不見。

飛逝吧，鳥兒，飛逝吧，也教我如何消逝！

1914.5.7

XLV

遠方斜坡上種了一排樹⋯⋯
一排樹意味著什麼？樹只是樹。
「排」及複數的「樹」是名稱，而非樹本身。

不快樂的人類有序的排列萬物，
在物與物之間區隔畫線
為真正的樹木掛上名牌，
在那開滿花朵的蓊鬱大地
標繪出平行的經緯度！

1914.5.7

XLVI ────────────

這也好，那也罷，
也許發生，也許不會發生，
有時我能成功說出我所想
有時又詞不達意，迷糊混淆，
我繼續寫我的詩，漫不經心
彷彿創作不需行動，
彷彿寫作是靈光降臨
一如陽光灑落。

我試著平鋪直敘，
不加思索，
我試著置放字句在相應的思想旁
如此一來就不需思想
的走道引導我找到文字。

我並非總能感受到應有的感受。
我的思緒徐徐划行流經川河，
被迫穿上的西裝使我下沉。

我試著卸去我所學，
我試著遺忘背誦的方法，
刮除粉刷在我感官上的顏料，
拆開我的真實情緒，
踏出所有包裝，只做自己──而不是阿爾伯特‧
卡埃羅
只當大自然創造的人類動物。

這就是我寫作的方式，不想以人類身分
而是單純感受自然的感受。
這就是我寫作的方式，時好時壞，

時而說出我內心的話，時而
一敗塗地
這一刻跌撲在地，下一刻又站起，
但始終像是個頑固的盲人
繼續前進。

即便如此，我還是人。
我是自然的探索家。
我是真實感官的阿爾戈英雄。
我為宇宙帶來嶄新的宇宙，
只因我為宇宙賦予自我。

這就是我的感受，我的創作，
完美感知，清晰見聞
時間是清晨五點
即使太陽尚未揚起臉
從地平線的牆上展露容顏，
可是它的指尖已悄悄出現
捉住低矮山丘零星分布的
地平線牆頭。

1914.5.10

XLVIII ————

我從屋子的那扇高窗
向我那踏進人群的詩
揮舞著白色手帕訣別。

我既不開心也不悲傷。
這就是詩的命運。
我寫詩，終將向世人展示
畢竟我別無選擇，
畢竟花朵也遮掩不了它的顏色，
河川隱藏不了它的流動，
樹木掩蓋不了它的果實。

彷彿搭上馬車，它們遠去，
而我除了懊悔，無能為力
就像體內隱隱作痛。

誰曉得誰會讀到它們？
誰曉得它們會落入誰手裡？

一朵花的命運是任人採擷觀賞。
一棵樹的果實注定被摘採吞下。
一條河的流水總是會滿溢氾濫。
我向命運投降，幾乎感到幸福，
幾乎如一個厭倦悲痛的男人般幸福。

去吧，離我遠去吧！
樹木死去，枝葉在自然中離散。
花朵枯萎，塵埃在虛空中流傳。
河川流入海洋，河水永遠屬於
它的河流。

我逝去，我存留，一如宇宙。

XLIX

我進入屋內關窗。
有人送來油燈，向我道聲晚安。
我的聲音心滿意足地回答晚安。
但願這就是我的人生，永永遠遠不變：
日光燦爛的一天，柔雨細拂的一日，
抑或世界末日般狂風暴雨的一天，
良夜漫漫，我的雙眼專注凝視
行經我窗前的人們，
最後將一抹友善眼神飄往沉靜的樹木，
窗戶關起，油燈點燃，
不讀不睡不思考，
如同一條流經堤岸的河川，感受生命流過我身體，
屋外靜謐得宛若熟睡的神祇。

節選自《戀愛的牧羊人》

Fernandopessoa

月神高掛，春神已至。
思念你，使我完整了我自己。

微風從霧濛濛的田野襲來。
我想著你，輕唸你的名。我不是我：我很快樂。

明日你將到來，和我在田野裡
散步摘花。
我將與你在田野裡散步，並望著你
摘下花。

我已看見你明天和我在田野裡摘花
的景象，
可是當你明天到來，真的與我散步
摘花，
這對我將是新奇美妙的歡悅。

1914.7.6

而今我感覺到愛，

氣味挑起我的興趣。

昔日我從不在乎花兒芬芳，

今日卻嗅得到它們的香氣，彷彿嶄新發現。

我早就知道它們有香味，正如我早就知道自我存在。

以上都屬於我們的外在知識。

可是現在我後腦勺有風兒吹拂，我一清二楚，

而今花兒有我嗅得到的甜美滋味。

而今我偶爾甦醒，在睜開眼前聞到香味。

1930.7.23

愛是陪伴。
我已不知該如何獨自漫步，
因為我再也無法獨自漫步。
一個有形的思想使我腳步加快
看見的事物愈少，卻更能欣賞那少許景物。
即使她不在身旁，也時時與我相伴。
我喜歡她，喜歡到不知如何渴望她。
見不到她時我想像她，我則猶如拔天樹木般
強壯。
但見到她時，我渾身顫抖，不明白她不在身邊時
我感受到的是什麼。
我全身上下都充滿即將棄我而去的力量。
現實望著我，就像鑲著她面孔的
太陽花。

1930.7.10

我輾轉難眠，徹夜瞥見她的身形
輪廓
我腦中的她從來不是兩人見面時
她的樣貌。
我在記憶中雕琢與我對話時
她的模樣。
每個思緒裡的她都是一種神似她的變形。
愛情就是思念。
強烈思念她的我差點忘了去感受。
我不知自己究竟要什麼，對她亦只是
一股腦的思念。
我的心煩意亂龐大的猶如生命本身。
我渴望與她相守，
卻寧可不和她相伴，
如此便無需與她相別。
我寧可想著她，只因我對真實的她
略感害怕。
我不知道想要什麼，甚至不想知道
我想要什麼。
我只想要思念她。
對誰我都毫無欲求，對她亦然，只求能
讓我繼續思念下去。

節選自《軼詩集》

Fernandopessoa

道路過彎之後
可能有水井，可能有城堡，
也可能只是一條綿延道路。
我不知道，也不過問。
只要我走在前有彎道的路上，
我便只注意轉彎前的道路，
因為我只能看見轉彎前的路。
展望他方或追求視線範圍以外
對我沒有好處。
讓我們只留意自己的所在地。
當下與眼前別具美感。
要是道路過彎後有人，
就讓他們去操心彎道後方吧。
對他們而言，那裡即是道路。
若我們必然走到那裡，到時自會明瞭。
現在只需知道我們尚未到達。
轉彎之前僅有這條路，而轉彎之前
只有這條沒有轉彎的道路。

[1914]

打掃整理……
歸位人們堆疊積放的物品
只因他們不曾明白物品的用途……
猶如一名現實世界的勤奮管家，調整
感官之窗的布簾
擺好感知之門的踏墊……
清掃觀察之房
拂去簡單概念的塵埃……
以上就是我的人生，句句皆是。

1914.9.17

我的人生價值？最後（不知是什麼的最後）
有個男人說：「我賺進三十萬塊錢。」
另一個人說：「我享盡三千日榮耀。」
又一個人說：「我於心無愧，此已足矣。」
這時若有人問，我有何人生成就，
我會說：「我只有一雙觀看事物的眼睛，
所以我的口袋裡裝下了整座宇宙。」
倘若上帝問：「那你從事物之中看見什麼？」
我會回答：「事物的本質，也就是你安排的
全局。」
而上帝，精明通曉的上帝，會封我為新的
聖人。

1914.9.17

事物的驚奇真相
是我每日的發現。
萬事萬物都盡顯本質，
而我很難向人解釋這個發現
讓我多快樂，
多滿足。

存在就是完整的條件。

我寫過幾首詩，
無疑會繼續寫，
而這就是每一首詩的內容，
所有詩都與眾不同，
因為每樣存在的事物都有不同說詞。

有時我會開始凝望一顆石頭。
卻不會開始思忖它是否存在。
我不會偏離焦點，稱它為姊妹。
我喜歡石頭，因為它只是石頭，
我喜歡石頭，因為它沒有感受，
我喜歡石頭，因為它與我毫無瓜葛。

其他時刻，我傾聽風聲吹拂，
而我感覺誕生於世，聆聽風聲
已足矣。

我不曉得人們讀到這首詩做何感想，
但我想感覺肯定很好，因為我不曾費力思考
我也不知他們聽見這番話有何想法，
只因我不帶想法地去思考，

只因我任由言語脫口而出。

曾有人說我是唯物主義詩人，
我為之震驚，因我並不覺得
誰可為我冠上任何名號。
我甚至稱不上是詩人：我只用雙眼觀看。
若我的詩有價值可言，價值不來自我，
而全屬於我的詩。
全然無關我的個人意志。

1915.11.7

當春天降臨，
若我已死，
花朵會照樣綻放
樹木也不會較往年灰敗。
現實世界並不需要我。

一想到我的死無足輕重
我就滿心歡喜。

若知道我明日將死
而春季後日到來，
我會幸福地死去，因為春季後日
將至。
若我今生注定終結於此時，又何必等待其他時刻？
我喜歡萬物真實且明確，
喜歡是因為即使我不喜歡，情況亦不會
為我改變。
所以，若我今日死去，我會幸福地死去，
因為萬物是那麼真實而明確。

若你願意，可在我的棺木前朗讀拉丁禱文。
若你願意，可以圍繞著棺木唱歌跳舞。
對於我何時無法再有意見，我已經無法有
意見。
事情如何發生，何時降臨，等到降臨就會發生。

1915.11.7

如果，我死後，有人想編撰我的傳記，
沒有比這更簡單的事。
只有兩個日期——我的出生日，我的死亡日。
介於這兩者之間的，全是屬於我的日子。

我很容易定義。
我觀看，猶如受詛般，非看不可。
我熱愛一切卻不多愁善感。
從沒有我無法滿足的欲望，因為我從不
盲目。
就連聽覺對我來說都只是視覺的
附屬品。
我明白萬物是真實的，彼此
不同。
我的理解來自雙眼，而不是頭腦。
若是透過頭腦理解，會發現萬物並無
差異。

有天，我會像個孩子般，乍然倦累。
闔上雙眼，沉沉入睡。

除此之外，我是大自然唯一的詩人。

1915.11.8

我不懂怎會有人覺得夕陽令人感傷，
除非因為夕陽並非日出。
但若它是夕陽，又怎可能成為日出？

1915.11.8

你談到文明，談到文明不應存在，
至少不該是現在的模樣。
你說所有人，幾乎所有人
都因人類的生活法則吃盡苦頭。
你說若非如此，人們受的苦就不會那麼多。
你說事情會好轉，如果事情按照你的想像
發展。
我聽見了，卻並未真正傾聽。
我為何要傾聽你的心聲？
傾聽你的話語，我學不到什麼。
若事情不同，就只是不同：不過如此。
若事情按照你的想像發展，就按照你想像的
發展，這樣很好。
你和那些人竭盡一生努力發明
可以製造出幸福的機器，實在可惜！

今日有人為我朗讀聖方濟各亞西西的名句。
我聽著，卻無法相信自己的耳朵。
一個對事物充滿熱情的人為什麼
看不出或理解不了事物的真實樣貌？

為何稱呼不是姊妹的水為姊妹？
為了深刻感受它？
為了感受它我喝下水，而非賦予它──
姊妹、母親、女兒的名號。
水之所以美，是因為它是水。
倘若我稱之為姊妹，
顯而易見，它嘴裡的姐妹依舊不是我的姊妹
最好還是稱它為水，畢竟它就是水，
更好的是，名稱都省略
純粹飲用，感受它流過手腕，欣賞它，
不需賦予任何名號。

1917.5.21

我目睹一艘船在遙遠的太加斯河……
無動於衷地航向下游。
無動於衷並非來自它對我的視而不見
也不是來自我的不在意，它無動於衷
是因為它事實上只是一艘船
不需形上學發放許可，便能航向下游
前進下游，邁向現實世界之海，
除此之外，它不具其他意義……

1917.10.1

寒冷季節天寒地凍，我卻覺宜人，
畢竟我符合事物存在的本質，
因為自然，凡是自然都很宜人。

我接受生命的困境，只因這是命運，
一如我接受荒涼冬季的嚴寒──
安詳而無怨，我是一個照單全收的人，
並且從接受事實中發現喜悅，
接受無可避免的崇高科學和困難的
自然真相。

我所患得的疾病和經歷的困境
難道不也是生命和個人的寒冬？
一個反覆無常的冬季，規律我一無所知
卻為了我，以同樣崇高的死亡災禍存在，
同樣不可避免，無關乎我的客觀真理，
猶如盛夏大地的暑氣
隆冬大地深處的冰冷。

我接受，因為我天生樂於接受。
人人皆同，我生來亦充滿缺陷謬誤，
這並非逞強理解的謬誤，
亦非單憑智力去理解的
謬誤，
也絕非要求世界成為
超越世界本質的缺失。

1917.10.24

無論何人或何物站在世界中心
都把客觀世界當成範例贈予我，
當我說「這是真的」，即使是感受，
以視覺來說，我不得不將其視為
某種外在空間，脫離我本身的外在。

真實的意義並非我內心的存在。
我的內在並不具任何我想得到的現實。
我知道世界存在，可是我不知我存在。
比起白屋主人的內在，
我更確定我那棟白屋存在。
我相信我的身體更勝於我的靈魂，
既然我的身體就存在真實世界裡，
他人看得見，
它也觸得到他人，
可坐可站，
而我的靈魂卻只能以外在詞彙定義。
靈魂存在——當我相信它存在——
卻只是從世界的外在現實借來的存在。

倘若靈魂比起客觀世界更為
真實，正如哲學家的你所言，
那為何我眼前的客觀世界才是現實
的原型？
倘若比起我感受到的事物
我的感受更為真實，
那我何必藉由事物去感受，而事物
又為何不屬於我的一部分，
不需要我的存在——
這個永遠受限於自身，永遠自我而

無法跳脫的存在？
為何我要和他人一起
在一個互相理解又相互碰撞的世界前進，
若世界是錯誤的，我卻對了呢？
若世界是場錯誤，人人皆錯，
人人都是自己的一場錯誤。
這兩者之間，世界比較正確。

但若非我病了，否則何來這些疑問？

我外顯而正規的人生歲月裡，
在自然又完美清醒的日子裡，
我未察覺自我感受地去感受，
我不知道自己正在看地去看見，
宇宙從未比這時來得更真實，
宇宙從未（離我既不近也不遠
可是卻）如此崇高地不屬於我。

人生路上，當我說「顯然易見」，意思是「唯獨我看得見」
嗎？
人生路上，當我說「沒錯」，意思是「只是我個人意見」嗎？
人生路上，當我說「在那裡」，意思是「根本不在那裡」嗎？
哲學為何又該有所不同？
我們在哲思之前就已活著，我們在知道自己存在之前
就已存在，
前一個事實至少該獲得應有的敬意和優先考量。
沒錯，在我們了解內在前早已先有外在。
因此外在才是我們的本質所在。

病態的哲學家們，一個個哲學家們，你們說這

即是唯物主義。
然若唯物主義是一種哲學，這又怎麼是
唯物主義，
而為了歸屬於我，一門哲學必須成為
我的哲學，
那麼這一切都屬於我，連我也不是我自己？

1917.10.24

戰爭，它的中隊讓世界
受苦受難，
戰爭就是哲學失誤的完美展現。

戰爭，正如與人類相關的一切，欲帶來改變。
對於改變，誰的欲望都比不上戰爭，
它想大刀闊斧的改變
迅雷不及掩耳的改變。

然而戰爭招致死亡。
招致死亡就是對宇宙的輕蔑。
既然戰爭的結局是死亡，戰爭便證實自己錯了。
既然證實了它的錯，改變事物的想法亦
證實錯誤。

讓我們將外在宇宙和他人留存在
大自然給予他們的歸屬地。
多麼驕傲又缺乏覺悟！
多麼庸庸碌碌，所為成就，急欲
留名！
當他的心臟停止跳動，中隊
指揮官
慢悠悠回到外在宇宙。

在大自然直截了當的化學效應裡
並無沉思的空間。

人性是奴隸的起義。
人性是人民推翻的政府，
因為推翻而存在，卻是一場錯誤，因推翻就

等於沒有權力。

就讓外在世界和自然人性去吧！
願和平降於人類存在之前的事物，包括人類在內！
願和平為降於宇宙的外在本質！

1917.10.24

有關大自然的種種意見
從不能讓一朵花綻放，亦不能讓一根草茁壯。
關於事物的種種知識
從來不是我可以領略的，就像事物本身。
倘若科學是追求真實，
哪門科學能比不具科學根據的事物真實？
我閉上眼，仰躺在堅硬大地
這感受如此真實，就連背部脊骨都感覺得到。
而我的肩胛骨並不需要理性。

1918.5.29

噢，踏上長途旅程的船，
一旦你消失於眼界
我為何不像他人那般思念你？
只因當我眼不見你，你便不復在。
若我懷念不存在的事物，
這感受便等同於不存在。
我們思念的不是船，而是自己。

1918.5.29

真相，假象，確實，不確實……
路上的盲人也能懂這些字。
我坐在階梯頂端，兩手握起
交疊在膝上。
那，何謂真相，假象，確實，不確實？
盲人在路上停下腳步；
我從膝上挪開了雙手。
真相，假象，確實，不確實的意義
是否沒變？
真實世界有了一點改變──那就是我的膝蓋和
雙手。
而哪一門科學能夠解釋這一切？
盲人繼續走他的路，我的雙手持續靜止。
不會再有相同的時間，不會再有相同的人物，萬物皆
不再……
這就是真實。

1919.4.12

山坡上的牧羊人，帶著羊群的你在我遠方，
你看似擁有的快樂，是屬於你還是我？
當我望著你，感受到的祥和是屬於你抑或我？
不，牧羊人，它既不是你的，也不屬於我。
它只屬於平靜和快樂。
你並不擁有它，因為你不知你擁有它，
我並不擁有它，因為我知道我擁有它。
它獨立而生，宛若籠罩著我們的太陽，
灑在背上溫暖著你，當你
無動於衷深陷沉思，
陽光灑落我臉龐，扎著我的眼，而我心裡想的
只有太陽。

1919.4.12

我眼前的一片田野和我眼前的另一片
田野之間
有個男人的形體一閃而過。
他的腳步隨著「他」在同一個現實世界移動，
然而我看見他，也看見腳步，兩者卻是不同事物。
「男人」若有所思地前進，帶著錯誤百出的
想法，屬於異邦人的想法，
他的腳步隨著古老系統移動，驅使他的
雙腿行走。
我不帶偏見想法從遠方凝望著他。
他所象徵的物質本身是多麼完美：他的身體，
他那不具欲望或想望的真實現實，
只有肌肉，無關個人、完美運用肌肉的方式！

1919.4.20

我並不匆忙。為何要？
太陽月亮從不匆忙；它們沒有錯。
匆忙是假設我們能超越雙腿極限
抑或躍過影子。
不，我不匆忙。
我伸長手臂時，只延伸至手臂的
極限範圍
不能再多出半寸。
我只觸得到手指能碰的，而非我所想的。
我只能坐在我現在的位置。
聽來荒謬至極，一如所有事實真相，
但真正荒謬的是我們腦子總在思索
其他可能，
而我們永遠搆不到邊，因為我們只存在於此。

1919.6.20

活著，你說，就在當下。
就活在當下。

可我不想要當下，我想要現實。
我想要存在的事物，而非測量事物的時間。

當下是什麼？
當下是過去與未來的連結。
是因其他事物的存在而存在。
我只要現實，事物本身，不要任何
當下。

我不想要在存在的知覺裡添加時間。
我不想要以當下思考事物；我只想要
思考事物的本質。
我不想將事物與它們的本質分開，稱它們
當下。

我甚至不該說它們是真實。
我甚至不該稱呼它們。

我應該看著它們，就這麼看著，
直到我再也無法思索它們為止，
沒有時空限制地去觀看，
除了觀看，別無所求。
這就是觀看的科學，卻也根本不是科學。

1920.7.19

你說我不只是
一顆石，一株草。
你說：「你感受，你思考，你知道
自己能思考和感受。
可是石頭寫詩嗎？
草木對世界可否抱持觀點？」

是的，差異存在，
但並非你認知的差異，
因為擁有意識不代表我對事物
抱持理論；
只讓我擁有意識。

倘若我不只是一顆石，一株草呢？我不曉得。
我是不同，我不曉得何謂更好，何謂更壞。

擁有意識比具有色彩更好嗎？
可能是，可能不是。
我只知道其中有差異。
沒人能證明其中不只有差異。

我知道石頭是真的，草木亦存在。
我知道，因為它們存在。
我知道，因為我的感官展現給我看。
我知道我也是真實的。
我知道，因為我的感官展現給我看。
這卻不如石頭和草木展示得
更清楚。
我只知道這麼多。

沒錯，我寫詩，石頭則不。
沒錯，我對世界抱持觀點，草木則不。
然而石頭不是詩人，它們是石頭；
而草木只是草木，不是思想家。
我可以說這讓我優於它們
抑或可說這讓我劣於它們。
我卻什麼都不說。只說石頭「是石頭」。
只說草木「是草木」。
我只說我「就是我」。
我不再多說了。還有什麼好說的？

1922.6.5

明天過後即將襲擊的暴風展露的第一個
跡象，
是第一朵依舊雪白的雲低低壓著沉悶天空……
明天過後即將襲來的暴風雨？
我很確定，然而我的篤定是一則謊言。
篤定就是不張開眼去看。
真正存在的是：
略顯朦朧的蒼藍天空，幾朵白雲漂浮在
地平線上，
雲層底部斑斑黑點，隨時可能轉為烏黑。
這就是今日，
截至目前我們只知道今日，我們只知道
這些。
我可能死去——誰曉得？——就在明日過後，
若是如此，暴風雨在明日過後
襲來
若我沒有死去，暴風雨可會不同。
我明瞭暴風雨不是從我的雙眼落下，
但我若不再存於世界，世界將會
有所不同——
世界將少了一個人——
而襲擊這不同世界的暴風雨，也不是
同一場暴風雨。
無論如何，即將襲來的暴風雨將是
一場真正降臨的暴風雨。

1930.7.10

里卡多·雷斯

自出生起我就相信神祇，並帶著這種信仰長大，今後也依舊持續崇拜神祇，直到呼吸停止的那一刻。我很清楚多神教的感受，唯一讓我悔恨不已的是自己的無能為力，我無法具體解釋這種感受是多麼不可思議，又與其他感受多麼截然不同。即使有些人能展現冷靜及似有若無的泰然，但這種泰然仍和古人的冷靜自持及希臘人的泰然自若迥異。

（摘自里加多·雷斯《頌歌》的未完成序言）

我深愛阿多尼斯 * 花園裡的玫瑰。
是的，黎蒂亞，我深愛那些帶著羽翼的玫瑰，
她們誕生的那日
就是死亡的那日。
在她們眼中光即是永恆，只因
她們在日出後誕生並在
阿波羅為他光燦的旅程
劃下終點前結束生命。
讓我們的生命也僅有一日之久，
讓我們刻意忘卻黑夜，黎蒂亞，
在那之前與之後
我們只需忍耐一會兒。

1914.7.11

* 希臘神話中樣貌俊俏的美少年，深受愛神阿芙蘿黛蒂喜愛，死於野豬攻擊後，
鮮血開出了銀蓮花。

潘神未死。
衝著阿波羅的微笑
展示穀神袒胸露乳
的每一片田野上，
你遲早
會看見潘神，
看見他的永恆，現身。

基督徒悲傷的神
誰也不曾屠殺。
基督又是一位神，
一位可能失落的神。

潘神依舊
將笛聲獻給
在田野靜歇的
穀神雙耳。

神祇一如既往，
依舊清澈平靜，
永恆不滅
鄙視人類，
帶來日與夜
和金黃豐收
所為不是供應人類
日與夜和小麥
而是為了其他神聖
又偶然的用意。

1914.6.12

獻給阿爾伯特·卡埃羅 ————————

大師，寧靜
即是我們損失的
分分秒秒，倘若我們像是
插入花瓶，把花
寄放在我們失去
它們的時刻。

我們的人生中
無憂無喜。
所以不妨讓我們，
明理地不去煩惱，
不是學習如何生活
而是讓歲月流逝，

永遠保持
寧靜與安然，
把孩子當成
我們的導師
任由大自然
填滿我們的雙眼⋯⋯

沿著河川
抑或道路前行，
不論我們身在何處，
永遠
不變的，輕鬆的
悠哉度日⋯⋯

時光飛逝
卻不教會我們什麼。

我們終將年老凋零。
讓我們明白
該如何帶著放縱的心，
感受自我的放逐。

採取行動
毫無作用。
無人能抵擋
惡劣的神
無止境吞噬
自己的孩子。

讓我們摘花。
讓我們輕輕
在平靜的河裡
打濕雙手，
好學習
它們的寧靜。

太陽花永遠
仰望著太陽，
我們將安詳
從人生啟程，
完全不悔
活過一回。

1914.6.12

白雪覆蓋日光灑落的遠方山丘，
然而拂去磨鈍三竿烈陽之箭
的靜謐寒意
已漸和緩。
今日，涅埃拉，讓我們莫再躲藏：
畢竟我們什麼也不是，便什麼也不缺。
我們沒有任何希求
只在陽光下感受寒意。
既如此，我們便享受
這一刻，我們帶著聖潔地喜悅，
等候著死亡
就像等待某樣熟悉之物。

1914.6.16

白日的蒼白染上金黃。彎曲的
乾枯樹幹與樹枝閃爍
像冬日暖陽下的露水。
冰冷的空氣輕顫。
我被放逐，離開了我信仰的古老
家園，唯有緬懷神祇能夠安慰，
我用不同於此的太陽
暖和了顫抖的身軀：
帕德農神廟和雅典衛城的太陽
點亮了亞里斯多德字裡行間那
緩慢沉重的台階。
然而伊比鳩魯的話語
溫柔輕觸的樸實之聲更得我心；
他對待神祇的態度彷若他也是神祇，
平心靜氣，
遙遙看待人生。

1914.6.19

安於世界現狀之人乃智者，
不記得酒醉之人
總是舉杯再喝，
對他而言萬物皆新
永世不朽。
為他戴上葡萄藤、常春藤抑或玫瑰
編織纏繞而成的冠冕吧。他深知
生命只是過客，而
阿特羅普斯 * 的剪刀會裁斷
花朵，也會裁斷他。
他深知該如何以葡萄酒色掩蓋
這一切，並以它狂縱的味道
抹煞光陰的滋味，
當酒神女祭司行經身邊時
他知道應當如何噤住那啜泣哭嚎。
他等待，從容飲酒，並幾乎感到快樂，
唯獨渴望
以一種幾乎感受不到的渴望
渴望那可憎的浪潮
不會太快淹沒他。

1914.6.19

---

* Atropos，希臘神話中的一名命運之神，負責切斷生命之線。

謹記我們與神有多麼相似
讓我們，為了自己好，
視自己為遭到驅逐的神祇
來自朱比特的年代
以古老威權
掌握生命。

作自己驕傲的主人，
把存在當成
一座神祇餽贈給我們
忘卻夏日的莊園。

不值得我們如此這般
心煩意亂
我們搖擺不定的存在，是憂鬱河川
一條宣判有罪的支流。

宛若絕不寬貸的冷然命運
凌駕眾神之上，
讓我們建構心甘情願的宿命
於我們生命之上，
當命運壓制我們，我們
會是自己的壓制者。
當我們踏進暗夜，我們
踩著的是自己的雙足。

1914.7.30

世間萬物各有時。
樹木不會在冬季開花，
白色的冷冽亦不會
在春季覆蓋大地。
白晝向我們索求的熱氣
不屬於低垂黑夜，黎蒂亞。
讓我們心平氣和的去愛
我們充滿不定的人生。
坐在爐火旁，不因工作疲憊
只因現在正是疲憊的時刻，
我們切勿抬高音量
高過一個祕密的聲音。
但願我們追憶往事的話語
（太陽漆黑離去後唯一帶給我們的）
可以隨意地
分別訴說。
讓我們一層一層回憶過往，
但願當時曾訴說的故事，
現在再次提及，
會向我們遙遙念起
凝視著世界時
以不同愉悅
不同意識
於童年摘下的花兒。
所以呢，坐在爐火旁的黎蒂亞
妳就像永恆坐在那兒的家庭守護神，
讓我們像修補衣料般
彌補往昔
在那休憩必然為人生帶來的惶然裡
我們唯一能做的只有思忖

我們是誰，而門外
僅有黑夜。

1914.7.30

神祇賜予我們的自由
只有一個：獻出自由意志
屈服於他們的主宰。
我們應該屈服，
畢竟唯獨憑藉自由的假象
自由才得以生存。

永生不滅的諸神就是
如此，維繫他們
千萬年平靜而深信不疑
的信念，相信
祂們的人生神聖自由。
而我們仿效諸神，

奧林匹斯山脈的諸神不比我們自由，
讓我們打造自我人生
就像只為自己開心
而建蓋沙堡的人，
神祇會明白該如何感激
與祂們如此相似的我們。

1914.7.30

要記得，用輕快腳步，踏在泡沫染黑的雪白沙灘上，
裸足熟悉的
古老節奏，
節奏重複
來自樹蔭下的仙女隨著舞蹈
拍打的樂音；而孩子，
還不需要憂慮
那些憂慮的你們，重演
阿波羅彎身時的嘈雜弧度，
他鍍金的蔚藍弧形，猶如高聳樹枝，
至於潮汐，不論高低，
不止息流動。

1914.8.9

長久以來我們深深相信
其他生命、天使或神祇，
力量凌駕於我們之上
牽制著我們一舉一動。
正如我們在田野支配牛隻
的行動，強迫驅使牠們
牠們卻一無所知，
牠們也不明所以，
而人類的意志與思想也是
由他人支配的雙手，
任他們帶領我們
前往他們要我們前往的方向。

1914.10.16

迷途的你，緊捉著數綑乘載貧勞歲月的
堅實木材
以為你不抱虛妄的
度過每一天。
這些木頭不過是肩上
前往沒有火焰可取暖之處的重量，
我們幻化的黑影亦無法
承受肩上的重擔。
為了休息你不該停下；若要傳承
請傳承演繹短暫人生富足之道的典範
而非財富，
人生短暫不需太辛勞。
我們運用少得可憐的所有物。
汲汲營營，而黃金始終不屬我們。
我們的名聲嘲笑著我們，
只因我們始終看不清
當命運擊敗我們，那瞬間
我們將變成古老莊嚴的人物，
前所未見的虛無飄渺，
直到死亡的會面來臨——
陰鬱河川上的幽黑小船，
冥河冰冷的九個擁抱，
和普魯陀國度的波浪
貪得無厭的舔舐。

（1914 末或 1915）

西洋棋手

我曾經聽聞，但不確定
是哪場波斯戰爭，
侵略者俯衝進城
女人驚聲尖叫，
兩個棋手卻不停歇
下著他們無止境的棋賽。

綠意盎然樹蔭下，他們緊盯
那一副老棋盤，
棋手身旁各擺了一杯葡萄酒，
嚴陣以待
澆熄他們祭出下一步棋後
乾渴的喉嚨，
而他往後一坐，輕鬆等待
他的對手出擊。

民房正在焚燒，城牆倒塌
棺木遭到掠奪洗劫；
女人慘受蹂躪，被壓在
傾塌城牆上；
孩童遭長矛刺穿，街頭
血流成河……
卻只見兩名旗手不動如山，
在咫尺城鎮
遠離喧鬧之處，若無其事
繼續棋局。

即使淒涼冷風帶來消息，
他們聽見了尖叫
然而沉思半晌，心中已有定見

想當然他們的妻子
和稚嫩的幼女正在
正在不遠他處慘遭蹂躪，
即便，這般念頭輕掠過他們心中，
一個稍縱即逝的黑影
閃過他們不以為意的朦朧眉宇，
但不多久他們沉靜自信的眼
又全神貫注回到
那一副老棋盤上。

當象牙國王深陷危機，誰管得著
血緣密切的姊妹高堂與幼子的
人身安危？
當城堡無法安全掩護
白皇后撤退，掠奪
又有何意義？
當你自信滿滿地伸出手
將敵方國王將軍，
即使幼子靈魂正在他方
逐漸枯萎，也無所謂。

即便侵略軍的士兵
勃然大怒的臉孔
驀然越過城牆，置這名
神色肅穆的棋手於死地
橫屍在血泊之中，
這一切發生的前一刻
依舊要獻給他無動於衷
崇高熱愛的遊戲。

就城破人亡吧，
就讓生命和自由
灰飛煙滅，讓堅穩的古老建築
焚毀傾頹，連根拔起，
然而若戰役中斷棋賽，務必
確認國王尚未被將軍
走在最前端的象牙兵卒
已準備好奪回城堡。

我那熱愛伊比鳩魯
也通曉其道理的兄弟
卻更贊成我們的觀點，
讓我們向這冷漠木然的
棋手故事學習應該怎麼
度過這一生。

別受嚴肅的影響，
沉重不該是負擔，
就讓直覺自然地推動
遵循徒勞無益的愉悅
（在和平無事的樹蔭下）
下一盤好棋。

無論我們從虛度無功的人生獲得什麼，
榮耀也罷，名譽也好，
抑或愛情，科學，生命本身，
價值都和那一場精彩的
棋賽記憶以及對抗優秀棋手
成功得勝的比賽
不相上下。

榮耀是難以承受的重擔，
名譽儼然是一場高燒，
愛情因它殷切尋覓而教人心力交瘁，
而科學從未覓得真理，
生命哀嘆，因為它曉得自己正逐漸流逝……
而這場棋賽
引人入勝，即使輸了
亦無所謂。

啊，在無意識關照著我們的樹蔭下
身邊有
好酒相伴，屏氣凝神
下好一場無用武之地的棋，
即便棋賽只是一場夢
而我們沒有棋手，
就讓我們學習故事中的波斯人：
無論身在何方，
是遠是近，是戰爭或祖國
或生命在呼喚我們，
就讓它們徒勞呼喊，我們
則在親切樹蔭下繼續做夢
夢著我們的棋手，棋賽則夢著
它的漠不關心。

1916.6.1

基督，對你我既不怨恨亦不抗拒。
我相信你，一如我相信其他古老神祇。
對我而言，你的意義與祂們
並無不同，只是一個年輕的神。
我確實怨恨及暗自憎惡那些想要
將祢置於其他神祇、你的同類之上的人。
我希望你好好留在原位，不比他們高
也不比他們低——只作你自己。
悲壯的神，也許是必要的，畢竟沒有
神像你一樣，而帕德農神廟再添一神
我們的信仰並無更高尚更純淨，
畢竟萬物皆有神，唯獨你例外。
當心啊，基督的偶像崇拜者，畢竟生命
豐富百變，每個日子皆與眾不同，
唯獨我們能跟他們一般豐富百變
才得以與真相為伍，孑然一身。

1916.10.9

黎蒂亞，畏懼命運折磨著我。
只要可能，一件小事
就能為我人生展開全新秩序
這教我害怕，黎蒂亞。
凡是可能讓我的存在
轉換至平順軌道，
雖帶來正面改變，
卻仍象徵著改變，
我都厭惡而不情願。只願諸神
應允我的人生成為持續不變，
完美平坦的高原，一路綿延
至高原盡頭。
儘管從未品嚐過榮耀滋味，從未
深受他人愛戴或應得的尊敬，
人生僅是人生而我曾經活過
便已足矣。

1917.5.26

一句詩正重複
一陣微風正涼，
田野裡的盛夏，
和那靈魂的庭院
空蕩無人，日光燦爛……

抑或，隆冬裡白雪皚皚
的遙遠山巔，
我們坐在爐火邊
吟唱著代代相傳的故事，
和一首敘述所有故事的詩……

諸神不會應許
比這更多的享樂
而這一切算不上什麼。
然而他們也應許
我們不渴求他物。

1921.1.21

我安穩坐在詩詞堅定的
字裡行間，不打算離去，
不懼怕不停歇的未來時光
洪流，不憂心記憶會沖散，
只因當大腦聚精會神反思
研究世界的倒影，
這成了倒影的血漿，而創造藝術的
正是世界，不是大腦。於是
外在時間在匾牌上雕刻
它的存在，並永久留存。

[1921.1]

未來的你將是你一直以來的模樣。
諸神賜予你的，早在最初定了局。
命運之神只給你一次
命運，畢竟只有一個你。
你付出心血換取的成果微不足道
無法和與生俱來的能力相提並論。
若你沒有被創造得更有才華，
便是微不足道。
請慶幸你還能無可奈何地活著
做自己。仍有一片遼闊天空
籠罩著你，還有那依照季節
變得青綠抑或乾枯的大地。

1921.5.12

每個人都實現了必須實現的命運
並想望他所想望的命運；
他從未實現自我想望
也從未想望自我實現。
猶如鋪在花圃邊緣的石頭
我們任由命運擺布，靜止不動
讓運氣將我們鋪灑在
我們適得其所的地點。
別對我們應得什麼追根究柢
只需默默接受我們應得的。
讓我們實現自我角色。
除了命運，沒有別的。

1923.7.29

我不吟唱夜晚，只因在我的歌曲中
吟唱的太陽皆以黑夜收尾。
我很清楚我遺忘了什麼。
我吟唱就是為了遺忘。
即使在夢裡，我可否停下
阿波羅的行進軌道，明白
即使我癲狂，卻是不朽時光
的雙生兄弟！

1923.9.2

我不想要
違背你的意志，
你拒絕給予的禮物。
你給的是我即將失去的事物，
我會為這場失去流淚兩回，
為了你，也為了我的失去。

承諾就好，不要餽贈
任何物品，這麼一來失去
就只會發生在我的冀望裡
而不是回憶裡。

我唯一的不滿就是
生命的延續，
歲月如梭，我的盼望卻
從未實現，徒然白費。

1923.9.2

我想要的是你這朵花，而非你送我的那一朵。
為何要拒絕我沒向你索求的東西？
付出之後
有的是拒絕的時間。
花兒，成為我的花吧！若再不屈服
可怕的人面獅身女恐怕會摘下你，你將永世
流浪，成為一道荒謬幽影，
尋覓你從未贈予之物。

1923.10.21

悠長的生命是多麼短暫
而我們的青春蘊藏其中！啊，克蘿伊，克蘿伊，
若我不去愛，不醉酒
不分青紅皂白地不去思考，
難以撼動的定律會強壓我身，
光陰無盡，時間會不由分說地折磨我，
那嘈嘈之音
傳至我耳中
是陰曹地府原野上，冰寒百合
盛開的幽隱海岸，那兒的海水
不知此刻為何日，
發出低沉哀嘆。

1923.10.24

Ad Caeiri manes magistri *

初來乍到的夏季帶來嶄新
樣貌的煥然花朵，更新了
甦醒樹葉的
枯老綠意。
默默吞噬什麼都不是的我們
的貧瘠深淵，也不再歸還
白晝清晰的光
他充滿生氣的存在。
不會再有了；他的思想為後裔
帶來理性生命，徒勞也要為他央求，
只因冥河的九把鑰匙
僅可上鎖，不得開啟。
歌者之中他猶如神祇，
聽見奧林匹斯山傳來的呼喊
而他，聆聽並且了然，
聽見卻不能代表什麼。
請依舊為他編織花圈。
若不為他加冠，還能為誰加冠？
不加以膜拜，只將它們當成
喪禮獻禮。
但別讓壤土或黑帝斯 ** 碰觸
他的名聲；而你，被尤里西斯發現的
你，有那七座山丘的你，
像個母親般驕傲吧，
自他來臨，你便與七座城市平起平坐

* 「獻給卡埃羅師傅的濃髮」。倒數第二詩節指涉的是里斯本。里斯本擁有七
座山，據傳是尤里西斯創建的城市。而根據卡埃羅的「自我介紹」，他是在里
斯本出生的。
** 希臘神話中的冥神。

荷馬說，跟阿卡額司詩韻的萊斯博斯島
以及擁有七座大門的底比斯，
品達的奧吉吉亞島之母平起平坐。

1923.10.22

如今他耕耘著貧瘠田地，如今他嚴肅
凝視著它，彷彿正凝視著
寶貝兒子，男人沒把握地享受著
這有欠思量的人生。
虛構邊界發生的變化
都阻撓不了他的耕犁，無論哪個議會
宰制勤奮子民的命運都不困擾他。
即使站在未來面前，也不若
需要拔除的野草重要，他一如往常
安穩生活，回不去過往卻堅持下去，
兒子們，雖有不同卻都屬於自己。

1923.11.16

切莫試圖在想像中的未來
建蓋堆砌，黎蒂亞，也切莫允諾
自己一個明天。不再盼望，只需
做好今日的自己。你的人生只有你。
切莫策劃命運，畢竟你不是未來。
水杯乾涸後，水杯再度填滿前，
誰又知道你的未來不會
介入深淵？

[1923 ？]

一再出現的古老面孔隨著分秒
變化，分分秒秒
思考，我們變老。
萬物皆不知不覺消逝，留下的
全知者知道他一無所知。然而
知，與不知，帶不回任何事物。
於是我們與不同的人相同，
在記憶的熱氣裡，讓我們
保留損耗光陰的烈焰。

1923.11.16

我虛度的眉宇上
死去的青年之髮漸漸蒼灰。
今日我的眼不再閃亮。
我的唇已喪失親吻的權利。
若你仍愛我，看在愛的份上別再愛我：
別和我不忠，以此對我不忠。

1926.6.13

落葉回不去它凋零落下的樹枝，
亦不會從它的塵埃裡生出新葉。
隨著這一刻開始而結束的那時，
已永遠逝去。
徒勞又不穩的未來承諾的
不過是萬物和我個人的
凡人命運和遺失經驗重演。
於是，宇宙的河川裡
我不是一折浪，而是無數朵浪花，
我無精打采地流動，別無索求
亦沒有神祇要聆聽我的懇求。

1926.9.28

是樹木給予果實生命，
而不是利用來自深淵的慘白花朵
妝點自我、一廂情願的思想。
你的想像力刻畫出多少
心靈和萬物的王國！你失去
太多尚未擁有
便已遭到罷黜的王國。
你抵擋不了強烈反抗
只能遵照命運旨意創造！
退位吧，作你自己
的國王就好。

1926.12.6

儘管只是一場夢，夢見的愉悅仍然愉悅。

倘若專心一致

堅持相信，

只要相信，我們相信的自我就會成形。

所以切莫譴責我對於

萬物、存在、命運的想法。

對我來說，我創造出

諸多為自己創造的事物。

跳脫自我，非關個人思想的命運，

已然實現。而我在我所獲得

屬於我的狹小空間，

實現自我。

1927.1.30

你的雙手如今再也無法懇求，
你那埋在潮濕土壤悶熱深處
僵硬的唇如今亦再無法說服。
也許唯獨你去愛的時候展露的微笑
讓你永垂不朽，在我們遙遠記憶裡
讓你起死回生，恢復原本的你，
那如今已經腐朽的蜂房。
你死去的軀體用著你在人世間
無用的名字，猶如靈魂，
已遭到遺忘。這首頌歌雕琢出
一個無名的微笑。

1927.5

多少人享受時，雖然享受那股快樂，
卻不享受自我的快樂，反而是留意
他人的快樂後，區隔出自我
和他人之間的快樂。
啊，黎蒂亞，屏絕那快樂的束縛，
畢竟我們只能有一種快樂；無法
因為他人留意到我們的快樂，
而把它當成獎賞拱手送人。
人人只有一個自我，與他人一同享受
等於是享受他們，而非替他們去享受。
學習了解你的身體、
你的界線教導了你什麼。

1927.10.9

睡眠有益是因為我們終將甦醒
並體會其有益。若死亡是睡眠，
我們將從死亡甦醒；
若否，我們則不醒，
只要獄卒允許無限延長
我們宣判有罪的肉身，
就讓我們極力抗拒它。
黎蒂亞，比起死亡
我更愛罪惡的生命，我對死亡一無所知，為你
我摘下花蕊，奉上那為小小命運
祈願的供品。

1927.11.19

消逝的腳步遺留下一閃而逝的軌跡
鬆軟草地上，空洞迴盪的回音繚繞，
黑影愈沉，
船身通行後殘餘白色痕跡——
靈魂亦然，若不再更偉大或更美好，便不再是靈魂；
逝去後留下逐漸流逝的痕跡。記憶淡忘。
一旦死去，我們只會繼續死去。
黎蒂亞，我們是為了自己存在。

1928.1.25

消亡之事物皆是死亡，若死亡
為我們消亡，便屬於我們。灌木
枯萎，我部分的生命
亦跟著凋零。
一部分的我存留在我觀察的事物之中。
無論我看見什麼，它消逝時我也消逝，
記憶不能區分
我的見聞與我的本質。

1928.6.7

讓我的命運不帶給我什麼，只
需讓我看見它，而不嚴守
克己的我，只盼能從命運刻寫
的字裡行間覓得快樂。

1928.11.21

黎蒂亞，當醞釀初冬
的深秋來臨，讓我們保留
一種念頭，不為將至的早春，
畢竟春季屬於他人，
亦不為仲夏，我們只是它的亡者，
而是為了逐漸凋零消逝的殘遺：
眼前樹葉活出的橙黃
使他們與眾不同。

1930.6.13

猶疑不決，彷彿遭到阿伊歐樂士遺忘，
清晨微風輕撫平原，
太陽開始閃爍光芒。
黎蒂亞，讓我們這一刻不祈求
更炙烈的太陽，抑或比現下這陣
柔媚微風更狂暴的風。

1930.6.13

惡也弱，善也弱，
即使震怒，懦弱的人類
除了準則一無所知。
我們平等卻不相等，依據個人準則
主宰自我，儘管嚴苛，
自由依舊。
自由就是擁有個人制定的準則，
除了自我廣泛而嚴苛的
控制運用，與他人並無不同。

1930.7.9

嫉妒怨恨我們的人絕不是唯一
限制壓迫我們的人；深愛我們的人
亦限制我們。
但願諸神應許我，剝除感情後
虛無高聳的冰冷自由。欲求少，
人就富足。欲求全無，
人則自由。不擁有不欲求，雖為人
他的地位亦與諸神平等。

1930.11.1

宰制或是沉默。切莫自我揮霍，
付出超過你所擁有。
作為凱薩大帝有何好處？
好好享受渺小的你。
比起理應入住的宮殿，你蝸居的陋室
是更加美好的避風港。

1931.9.27

倘若萬物皆有相應的神，
為何我不該有？
為何我不該是？
神祇在我體內竄動，我可以感受。
我清楚看見外面的世界——
不具靈魂的人事物。

1931.12

沒有人會真正愛上別人：他所愛的
不過是從他人身上發現的自我。
若無人愛你，無需心煩。他們感受
到真正的你，你只是一個陌生人。
就做自己，即使不曾被愛。
內心踏實，憂愁就不能
找上門。

1932.8.10

無物不留存。而我們就是無物。
我們在太陽與空氣中，短暫延遲
那來自潮濕土壤令人無法呼吸的黑暗
我們不得不承受它的重量——
繁殖而延後的屍體。

律法通過，雕刻欣賞，頌歌落筆——
它們都有自己的墳塋。若我們，被內心艷陽
照耀得紅潤的一具具肉體，
必將化為塵土，它們又何嘗不會？
我們只是說著故事的故事，別無其他……

1932.9.28

若要偉大，若要完整：切勿誇大
或屏除某部分的你。
樣樣完璧。你的全部
傾注你的自然無為。
於是每一片生命崇高的湖泊裡，
滿月光輝燦爛。

1933.2.14

因為籍籍無名，我平靜，
因為平靜，我才是自己，
我想要用對歲月的無欲
填滿每一天。

被財富碰觸的人，
黃金侵擾肌膚。
被名氣照拂的人，
人生迷霧重重。

把太陽視為幸福來源
的人，黑夜會降臨。
只有無欲無求的人
能淡然面對一切。

1933.3.2

你不享受的日子不屬於你：
你只是得過且過。你不享受
的日子，等於沒有活過。
你不需要去愛去笑去飲酒。
水池上的陽光折射
若能帶給你歡樂，便已足夠。
將喜悅建構在微小事物的快樂之人
自然而然，財富天天必不缺席！

1933.3.14

我們在迷惘的世界的作為無法
延續，即使持久也毫無價值，
即便對我們具有用意，也轉眼
就隨著個人生命遺落，
就讓我們擁抱活在當下的愉悅
不去荒謬琢磨未來，
唯一篤定的是，我們現在傷痕累累
全是為了未來繁榮所付出的代價。
明日並不存在。此時此刻
只屬於我，而我不過是
活在當下，可能是我假裝
的最後一個自我。

1933.3.16

你形單影隻。無人知曉。沉默且偽裝。
可是別裝模作樣地偽裝。
別冀望自己沒有的事物。
擁有自己，已擁有一切。
只要太陽存在你便擁有太陽，只要尋覓就找得到樹，
只要財富是你的，你便富有。

1933.4.6

我熱愛我雙眼所見，因為總有一天
我會再也看不見。我也
熱愛事物的本質。
我去熱愛而不只是存在，
在這平靜一刻，感受自我，
我愛著所有存在和自我。
假使原始神祇真會歸來，
他們再無法給我更美好的事物——
畢竟他們，也是一無所知。

1934.10.11

我向上蒼央求
我什麼都不要。好運是束縛牛隻的軛
而快樂是壓抑，
因為它屬於一種情緒狀態。
我想要高高抬起我不輕鬆
也沒有不安、純粹平靜的身軀
超越人們欣喜或哀傷的平面。

我摧毀螞蟻土塚的
那隻手
在螞蟻眼裡肯定深具神性，
可是我從不自詡為神。
同理可證，恐怕
諸神也不自詡
為神，卻只因他們比我們
龐大，在我們眼裡便是神。
無論如何，
萬萬不得
全心投入毫無根據的信仰，
虔誠相信我們自以為的神。

謬誤的年頭裡，謬誤的季節
一年四次，在亙久更迭的
光陰軌道上輪轉。
蓊綠之後枯竭，枯竭之後蓊綠，
無人知曉誰先來，誰
後到，然後就這麼結束。

我只求諸神冷落我。
沒了好運壞運的牽絆，我即自由，
好比風兒是空氣的
生命，卻什麼也不是。
愛與恨皆會找上我們；
以各自的方式，壓抑我們。
而諸神冷落忽視的那些人
都是自由人。

阿爾瓦羅・德・坎普斯

我萬事皆不信,唯獨我感官的存在;我萬事皆不篤定,即使是感官向我訴說的外太空。我眼不見外太空,耳不聞外太空,我手觸不及外太空。我看見的是我視覺的印象;我聽見的是我聽覺的印象;我觸及的是我觸覺的印象。我不是透過雙眼,而是我的靈魂去看;我不是透過耳朵,而是我的靈魂去聽;我不是透過皮膚,而是我的靈魂去觸摸。

若有人問我何謂靈魂,我會回答,就是我。

(摘自阿爾瓦羅・德・坎普斯的《卡埃羅大師回憶錄》)

鴉片

抽鴉片前我的靈魂病懨懨。
生命像是療養病人般枯萎，
於是我尋求鴉片的撫慰
前往東方的東方的更東方。

船上生活勢必要了我的命。
日日夜夜腦中高燒不斷。
我尋尋覓覓直到病倒，
卻始終尋不到解脫的泉水。

相互矛盾而超自然的無能為力之中，
在黃金色的皺褶裡，我度過每一刻，
在一折失去尊嚴的浪裡
愉悅是我病痛的核心。

藉由災難的發條，
假性飛輪的機制，
我走在絞架的幻象之中
就在無莖漂浮的花草庭園。

我步履蹣跚穿越了手工
蕾絲和亮漆編織的內部結構。
我不費功夫似的揮舞著刀鋒
斬斷受洗者約翰的頭顱。

我在一卡手提箱裡贖罪
全為我祖父一時興起犯下的罪。
我的幾十條神經懸吊在絞架上，
而我跌落進鴉片的巨坑。

嗎啡昏昏欲睡的一下輕推，
我就深陷顫動的透明之中。
一個鑲嵌著鑽石的夜裡
月亮冉冉升起，猶如我的命運降臨。

我向來是不盡責的學生，而今
我單純望著船划槳前進
穿越蘇伊士運河，帶著我那
僅僅是黎明時分樟腦的生命。

辛勤工作的歲月已經過去了。
辛勞只為我換來力竭筋疲，
今日像是一隻纏繞我頸部的手臂
掐住我卻也不讓我墜落。

童年時代我並無異他人，
小鎮出身的葡萄牙人，
我遇見來自英格蘭的人
他們說我的英語流利自如。

多希望我的詩歌和故事
可由普倫和莫居爾＊出版，
但我懷疑今生──這無風無浪
的旅途──能有多漫長！

儘管偶爾不缺歡樂，
船上日子始終哀傷。
我與德國、瑞典、英國人聊天，

＊ 兩者皆為十九世紀法國的出版社。

但生活的愁苦久久不散。

航往東方見識中國和印度
終究還是不值得。
生活依舊一成不變，
同一塊大地，同樣的渺小。

於是我抽起鴉片，渴望療癒解脫。
光陰之中恢復療養。
我住在思想的一樓，
目睹生命流逝是一種折磨。

我抽著菸，打著哈欠。那裡是否只有
大地，遠東不會變成西方！
我為何探訪真實存在的印度，
若印度從不存在，只有我擁有的靈魂？

恥辱是我唯一的遺產。
吉普賽人偷走了我的錢財。
也許死亡那天我仍看不見
為我保暖的庇護所。

我假裝勤奮地鑽研工程學。
旅居蘇格蘭，假期參觀愛爾蘭。
快樂的門外，我的心
猶如一位瘦弱老嫗，乞討救濟品。

鐵皮船，切勿在塞得港鳴笛！
右轉，即使我不曉得何去何從。
成日和一名伯爵在吸菸室裡——

一名詐騙高手，在喪禮間流連的法國伯爵。

我愁悶地回到歐洲，命中注定
成為一名夢遊詩人。
我是君主主義者，卻非天主教徒，
想要成為顯赫之人。

我想要富足與信仰，
想成為許多我見過的沉悶之人。
就目前看來，我不過是一個
在海上漂泊的乘客。

我的性格毫無驚人之處。
就連船艙艙僮都比我教人
深刻印象，他的模樣狀似一名
齋戒中的尊貴蘇格蘭地主。

我不屬於任何地方。我不在哪裡
哪裡就是我故鄉。我體弱多病。
服務員是個無賴，他瞧見我與
瑞典姑娘一塊兒……眨了眨眼。

有天我非在船上鬧出醜聞
全是為了讓人有狀去告。
我受夠了人生，覺得偶爾
大發雷霆是天經地義的事。

我成天抽菸飲酒
美國藥物令我疼痛麻痺——
而我天生已經迷醉！

我那玫瑰粉般的神經需要靈光腦袋。

我甚至幾乎無法感受我寫下
這些詩句的才華
生命是這國度裡的一棟大宅邸
令任何纖細敏感的大腦感到無趣。

英國人為了存在而活。
他們與鎮靜最為要好。投入
一枚硬幣，你就得出
一個笑容滿面的英國人。

我歸屬的葡萄牙社會階級
在印度大陸經人發現時，
便失了業。死亡在所難免。
而這件事教我反覆思忖。

去他的生命和人生！
我甚至不在床畔讀書。
我受夠了東方。那不過是塊彩繪地毯，
捲起後，它的美即變得死氣沉沉。

於是我墜入鴉片世界。期許我能
活出理想人生的要求簡直是
過份奢求。按時
睡覺吃飯的誠實人

全部去死吧！沒錯，我是嫉妒。
興奮的神經是我的終點站。
真希望哪艘船能帶我前往

我只想憑雙眼看見的地方。

我在胡扯什麼？我還是會感到無趣。
會想來點強效鴉片，就如此
踏入那終結這場生命，將我
推進泥濘溝渠的夢境。

高燒不退！若這不是高燒，
那我不曉得何謂高燒。
我的病懨懨才是唯一的重點。朋友啊，
野兔已用盡牠的好運。

夜幕低垂。第一聲號角
宣告晚餐時間：瀟灑的時候到了。
沒有比社交生活重要的事！像小狗
我們散著步，直到衣領鬆開。

故事結局不應該那麼
幸福美滿，我的焦躁不安到了最後
將以血泊和槍枝畫下句點（萬歲！）
除此之外一籌莫展。

見到我的人肯定覺得我平凡，
我和我的人生……不過是個年輕小伙子，沒錯！
就連我的單邊眼鏡都將我歸類為
某種普通常見的典型。

有多少人像我嚴守規矩
其實一樣是神祕主義者！
又有多少人在平凡無奇的外表下，

跟我一樣，為存在感到恐懼！

倘若我的外表與內在至少
一樣有趣，不知該有多好！
我繞著漩渦中心打轉。
毫無作為的我便足以宣判有罪。

沒錯，毫無作為，卻理由充分！
我能否妄自尊大地鄙視所有人
即使穿著破爛西裝，仍是一名
帥氣、可惡、抑或瘋狂的英雄！

我想要把雙手塞進嘴裡
奮力咬到我痛得直發抖。
這個舉動可是別具創意
引起那些自認理智的人發噱。

荒謬，猶如一朵來自印度的花
一朵我從未在印度發現的花，
在我病態倦怠的大腦中發芽。但願
上帝改變我的人生，不然就熄滅它……

就讓我留在原地，這張椅子上，
等他們把我裝進棺材。
我生來本應做個官吏
只缺寧靜、茶、地毯。

啊，我多想從這裡一路跌墜
穿越活板門──啪嗒！──直墜我的墳！
對我而言，人生帶有淡淡菸草味。

我畢生成就即是將人生抽光殆盡。

我真正想要的是信仰與詳和
以及我的感官從此不再失控。
上帝，終結這一切！打開水閘門！
為我靈魂的鬧劇畫下句點！

1914.3
漂流在蘇伊士運河的船上

凱旋頌

在工廠碩大刺眼的電燈光線下
我熱血沸騰寫下這首詩。
我咬牙寫詩，所有的美令我癲狂，
而這種美古人一無所知。

噢，車輪，噢，齒輪，永恆不懈的嗡嗡嗡！
機械蓄勢待發的憤怒震動！
在我的體內體外陣陣勃發，
繞過我所有剖開的神經，
穿越我感受事物的所有乳突！
光是聽見你如此貼近的聲音，
噢，偉大的現代噪音，我的嘴唇乾渴，
我的腦袋燃燒著欲望，想以一首
震耳欲聾的歌曲宣布你，唱出我每一個感受，
與你同時發出震耳欲聾的聲音，噢，機械！

彷彿目瞪口呆盯著熱帶國度，興奮不已望著引擎
——鋼鐵、火力能源打造的偉大人造熱帶——
我歌頌，歌頌著現代，歌頌著過去與未來，
因為現在即是過去，亦是未來：
柏拉圖和維吉爾就活在機械和電燈裡
出於這簡單理由，維吉爾和柏拉圖曾經活過，
身為凡人，
可能來自五十世紀亞歷山大帝的
碎片
以及一百世紀的埃斯庫羅斯大腦中
沸騰的原子
將兜繞著輸送帶和活塞和飛輪，
咆哮研磨捶擊、嗡嗡咯咯作響，
以我靈魂的撫觸，撫摸著我全身上下。

但願我能像引擎般傳達我的完整存在！
但願我能像一部機器般完整無敵！
但願我能像一輛新型汽車般勝利穿梭
人生！
但願我至少能將這一切注入我的肉體，
將我撕裂開來，接納滲透
貪得無厭、絕倫人造的黑色植物群
那汽油和炙熱煤塊的所有香氣！

與所有動力學稱兄道弟！
在那永不倦怠的都會火車
隆隆鋼鐵的聲響裡，
艱辛拖曳著貨物的輪船裡，
緩慢流暢轉動的起重機裡，
井然有序的工廠嘈雜裡，
以及幾近沉默的輸送帶單調的嗡鳴中，
一個轉動零件的激烈交融！

高效率的歐洲時間，就夾在
機械和實用物質之間！
大城市在咖啡館裡暫緩喘息，
咖啡館中，那喋喋不休的無用綠洲裡
實用性的聲音與物質
結晶及沉澱，
亦伴隨著進步的車輪、齒輪、
滾珠承軸！
碼頭和火車站那不具靈魂的新密涅瓦＊！
與時刻相稱的全新熱情！

＊ 希臘神話中主司智慧、發明、工藝的女神，亦為雅典娜，密涅瓦是她的羅馬名。

鍍鐵龍骨在碼頭貨場露出微笑，
抑或自海港船台的水面升起！
橫渡大西洋、加拿大太平洋的國際活動！
在龍上埔、德貝、雅士谷的酒吧與飯店，
以及在皮卡地里、歌劇大道，
燈光和狂熱虛度的光陰，
直接灑進我的靈魂！

嘿，街道，嘿，廣場，嘿，雜沓人群！
經過或於商店櫥窗止步的萬物！
商人、流浪漢、精心打扮的騙徒，
傲氣的貴族俱樂部會員，
卑鄙可疑的角色，狀似幸福快樂
即使金鏈子橫跨著兩只背心口袋
依舊充滿父愛的一家之主！
萬物流轉，那流轉卻不曾真正的流轉！
矯揉造作的娼妓；
往往是母親或女兒的中產階級仕女，
走在街上趕路跑腿
充滿趣味盎然的老掉牙（誰又知道有哪些老掉牙？）；
同性戀者佯裝出女人味十足的優雅步態；
純粹優雅在街上漫步
的行人
畢竟都是擁有靈魂的人！

（啊，真希望我是他們的老鴇！）

賄賂和貪腐炫目的美，
財務外交的可口醜聞，
政治驅使的街頭攻擊，

弒君者的彗星不時
敬畏地以齊鳴號角劃亮
日常文明的清澈天空！

報紙刊登的假報導，
毫不真摯的真誠政治文章，
駭人聽聞的新聞，犯罪故事——
兩個跨頁專欄！
印刷墨水的新鮮氣味！
剛貼上牆的未乾海報！
白紙包裝的黃頁——熱騰騰的發行！
我熱愛所有人，你們每一人！
我熱愛所有人，以各種形式愛你們！
我的眼、耳、嗅覺，
我的每個觸碰（能觸到你對我意義非凡！）
我的思想像是天線，為你顫動！
啊，我所有的感官都為你蠢動！

肥料、蒸氣脫穀機，農耕技術的突破！
農業化學、商業是門準科學！
噢，旅行推銷員的樣品箱，
他們是產業中的遊俠騎士，
跨出工廠和安靜辦公室的人！

噢，商店櫥窗內的布料！噢，人型模特兒！噢，最新時尚！
噢，人人想買的無用小物！
你好，壯觀的百貨公司！
你好，閃爍的燈泡招牌，一閃，一逝！
你好，為了今日而打造的萬物，讓今日
從昨日脫穎而出！

嘿，水泥，強化混凝土、嶄新科技！
光彩奪目的改良版致命武器！
盔甲、大砲、機關槍、潛艇、飛機！

我猶如一頭猛獸熱愛你們全部。
我貪婪肉慾地愛著你們，
變態地用我的雙眼包裹住
你們全部，噢，偉大和陳腐、有用及無用之物，
噢，與我同期、絕對現代的事物，
噢，當前的宇宙系統
那現代及近期的形式！
嶄新金屬動力的上帝天啟！

噢，工廠，噢，實驗室，噢，音樂廳，噢，
遊樂園，
噢，戰艦，噢，橋樑，噢，漂浮船塢——
在我永不得閒的殷切腦海中
我像是一個美人般擁有你，
像一個不被愛的美人徹底
擁有你
卻讓碰巧遇見她的男人神魂顛倒。

喂，偌大商店的門面！
喂，高大建築的電梯！
喂，重大內閣的改組！
政策決定、國會大廈、預算官員，
預算捏造！
（預算像長在樹上般自然
國會猶如蝴蝶般美麗。）

喂，生命萬物的美妙，
因萬物有生命，從商店櫥窗裡的鑽石
乃至星辰之間的黑夜神祕橋樑
以及拍打舔舐著沙岸、莊嚴古老的海洋
就跟柏拉圖真的是柏拉圖
在他仍然有血有肉有靈魂的年代一模一樣，
而他和亞里斯多德談話，卻不當他的學生。

我可能被引擎碎屍萬段
並感受女人被佔有的溫柔屈服。
把我丟進熔爐吧！
把我拋向行進列車吧！
把我扔上船吧！
在機械之中變成被虐狂！
某種現代的虐待狂，以及我，還有喧鬧！

贏得德比比賽的跨欄騎師，
噢，我的牙陷入你那雙色無邊帽裡！

（我太高了，一扇門都無法穿越！
啊，凝視對我來說是一種性變態！）

嗨，嗨，嗨，天主教堂！
讓我一頭撞上你的石頭邊緣，
血肉模糊從地面拾起，
而誰都不曉得我是誰！

噢，街車，纜車，地下鐵！
輕輕摩擦掠過，直到我狂喜驚叫！

嗨，嗨，嗨，呵！
儘管衝著我的臉大笑吧，
噢，滿載醉漢和妓女的車，
噢，日常蜂擁的行人既不悲戚亦不快樂，
我渴望卻無法下水游泳的無名斑斑河川！
啊，是什麼錯綜複雜的人生，他們家裡都藏了什麼！
啊，去了解他們的一切，他們的財務困境，
他們的家庭紛爭，他們無庸置疑的道德敗壞，
他們獨處臥房時的想法，
四下無人時擺出的姿勢！
對這些一無所知等於對萬事無知，
噢，憤怒，
噢，猶如高燒飢渴或狂亂慾念的憤怒
使我的臉孔枯槁，雙手不由自主顫抖
在街上不住推擠的人潮之中
荒謬收縮！

啊，齷齪的平常人容貌一成不變，
髒話時時掛在嘴邊，
兒子在雜貨店行竊
八歲女兒（我覺得實在
極端！）
在樓梯間替相貌堂堂的男人手淫。
成天在鷹架工作，行走在難以想像
的骯髒窄巷回家的下層平民。
活得像狗、不可思議的人類，
他們漠視所有道德制度，
認為宗教不曾發明，
藝術不曾創造，
政策不曾制定！

我是多麼愛著這樣的你們，
不好也不壞，微不足道而不至於邪惡，
對所有進步無動於衷，
來自生命大海深處的不可思議動物群！

（我後院的水車旁，
驢子不停轉啊轉，
這就是世界祕密的度量。
舉起手臂抹去汗水，滿腹牢騷的工人。
陽光窒息了星球的無言
而我們終將一死，
噢，薄暮微光下的陰鬱松樹，
童年時代的松樹跟現代已經
迥然不同……）

啊，又是機械沒完沒了的震怒！
又是公車的強迫性動作。
又是世界列車在同一時刻
移動的
勃然大怒，
在每艘船的甲板上揮別
這個當下起錨抑或航離
碼頭。
噢，鐵啊。噢，鋼啊。噢，鋁啊。噢，波幢鐵皮！
噢，船塢。噢，港口。噢，火車。噢，起重機。噢，拖輪！

嗨，火車大災難！
嗨，陷落的礦井！
嗨，巨大遠洋輪船的慘烈失事！
嗨呵，這裡、那裡、到處展開的革命，

憲法變更，戰爭，條約，侵略，
高聲抗議，不公不義，暴力，或許末日即將降臨，
黃皮膚野人在歐洲各地大舉侵略，
全新地平線上又多了一顆太陽！

但重要嗎？今日發光發熱
火紅的喧譁，跟這有何關係，
跟殘酷甜美的現代文明喧譁有何關係？
除了片刻，這些全會磨滅萬物，
裸露胸襟跟鍋爐工一樣熾熱的片刻，
尖銳刺耳機械化的片刻，
崇拜者為了鋼鐵青銅和金屬
迷醉狂喜的動力片刻。

嘿，火車。嘿，橋樑。嘿，晚餐時間的飯店，
嘿，鐵製工具，沉重工具，其他微小工具，
精密儀器，研磨工具，刨鑿工具，
碾磨機，鑽機，旋轉式裝置！
嘿！嘿！嘿！
嘿，電力，隱隱作痛的物質神經！
嘿，無線電報，不知不覺的金屬
支持！
嘿，隧道。嘿，巴拿馬、基爾、蘇伊士運河！
嘿，藏在現代裡的過去！
嘿，所有早已存在我們身體的未來！嘿！
嘿！嘿！嘿！
四海為家的工廠樹木長出的實用鐵果！
嘿！嘿！嘿！嘿嗨唷！
我對自己內心的存在一無所知。我轉身，旋轉，
我鑄造自己。

我與每輛列車拴在一起。
我被吊起抬上每座碼頭。
我在每艘輪船的螺旋槳上打轉。
嘿！嘿喲！嘿！
嘿！我是機械產生的熱氣和電力！
嘿！亦是鐵路和機艙和歐洲！
嘿，為了所有的所有以及我的所有，為運轉的
機器歡呼，嘿！

隨著萬物飛躍萬物！跳躍吧！

跳躍，跳躍，跳躍，跳躍吧！
嘿喲，嗨呀！呵哦哦哦哦！
嗡嗡嗡嗡嗡嗡嗡嗡嗡！

啊，若我能成為全人類全地點該有多好！

1914.6，倫敦。

節選自〈兩首頌歌〉

I

來吧，亙久古老的黑夜，
出生即遭到罷黜的黑夜女王，
內在靜默的黑夜，綴飾著
星辰亮片的黑夜，在你由
無垠圍繞著裙邊的洋裝上
星光閃閃爍爍。

朦朧地來，
輕柔地來，
獨自一人，肅穆地來，兩手垂在
身側，來吧
將遙遠山丘牽至最鄰近的樹木，
將我眼前的田野融入你的田野，
讓那山巒成為你身體的一部分，
抹除所有我從遠處瞥見的差異，
所有蜿蜒山路，
遠處可見、繁複點綴山巒墨綠的所有樹，
煙霧在樹木間冉冉上升的所有白色房屋，
只留下一盞燈，另一盞燈，還有再
一盞燈
在那略微令人不安的距離，
那瞬間難以跨越的距離。

我們的女神
我們徒勞尋覓的女神，
在薄暮時分從窗戶降臨的夢之女神，

愛撫著我們的計畫的女神，
四海為家的寬闊飯店露台
伴隨著歐洲似近似遠的人聲曲調
令我們心痛不已，只因我們深知不可能實現……
快來安撫我們，
快來擁抱我們，
輕輕在我們額上親吻，
輕柔到我們無法察覺
那一吻
若非我們的靈魂稍微出現變化
而一個旋律優美的輕柔嘆息自
我們最古老的部位逸出
奇蹟之樹在那裡扎根
它們的果實是我們深愛珍惜的美夢
只因我們曉得它們與生命中的事物
毫無瓜葛。

來吧，帶著無比莊嚴，
莊嚴而充滿
忍不住嚎啕的祕密，
也許因為靈魂浩瀚，生命苦短，
我們的姿態動作不曾離開身體，
我們的手臂只能伸到極限長度，
眼睛亦只能看見視線可及範圍。

來吧，帶著無比憂愁，
逆來順受者的七苦聖母，
輕蔑者的憂愁象牙寶塔，
將冰涼之手擺在謙遜之人的炙熱眉宇，
讓疲憊之人的乾涸雙唇嚐到水的滋味。

從黯淡地平線
的深處來吧，
將我從焦慮貧瘠的土壤中
從我成長茁壯之地
一把拉出來。
從土壤中拔起我這朵遭到遺忘的雛菊。
從我的花瓣裡，讀出我無法想像的命運
依照你的心意剝下花瓣，
依照你沉靜默然的滿足。
將一片我的花瓣擲向北方，
我深愛的今日之城的方位。
將另一片花瓣扔向南方，
航海員航向的大海之家。
再將一片花瓣拋向西方，
未來似乎在那兒閃耀熾熱紅光，
即使它不識我，我仍愛慕它。
另一片及其餘花瓣，我僅存的所有
全丟向東方，
萬物起源的東方，信仰和嶄新
的一天，
拋向那狂熱宏偉溫暖的東方，
我永遠無法見識的放肆東方，
拋向佛教徒、婆羅門信徒、神道教徒，
拋向擁有我們不具備事物的東方，
我們沒有歸屬的東方，
扔向那也許——誰知曉？——基督依然存在的
東方，也許上帝果真尚存，領導眾生……

來吧，穿越海洋，
越過最遼闊的大海，

越過地平線無邊無際的大海，
快讓你的手撫過海洋野獸的
背部，
神祕地安撫牠，
噢，催眠焦躁動物的馴獸師！

來吧，體貼周到的，
來吧，母性充滿的，
踮著腳尖前來，坐在信仰遺失
的諸神床畔，悉心照顧的老奶媽
你目睹耶和華與朱比特呱呱墜地
露出微笑，只因對你而言一切虛假無用。

來吧，無言又狂喜的黑夜，
來吧，為我的心臟外披上
你的白色斗篷，
猶如微風，在芬芳午後靜謐地來，
動作輕巧猶如母親安撫，
星辰在你的雙掌中一閃一爍
月亮為你的臉龐籠罩神祕面紗。
等到你降臨，
萬物聲響已然不同。
等你來到，所有聲音落下。
沒人看見你進來。
沒人知道你何時進來
只知那一剎那，萬物開始撤退，
萬物的邊緣模糊，色彩混濁，
依舊湛藍的高高天空，
一彎清晰弦月，一個白皙圓形，抑或只是全新光線
的碎片，

月亮開始變成真實。

II

啊，薄暮，夜幕，大都市燈火通明，
鎮靜喧鬧的神祕之手，
壓著我們所有的疲憊，阻礙
生命精準活躍的感受！
每條街道都是乏味的威尼斯水道，
如出一轍的街道盡頭是那麼神祕
夜色籠罩之時，噢，寫下《西方人情感》
的大師切薩里奧・維爾德＊！

是什麼樣深刻的輾轉反側，對他物渴望
非關國家、時間、生命的心情！
是什麼樣對其他可能心情的渴望
內心潮濕了揮之不去的遙遠瞬間！

在城市第一道灑落的燈光中夢遊的恐懼，
溫吞而流動的恐慌斜倚在街角
猶如等候癡望情感的乞丐
卻不知曉誰願意施捨⋯⋯

＊ Cesario Verde，十九世紀的葡萄牙詩人，作品畢生無人聞問。直至今日，他的作品在葡萄牙以外的地區依舊鮮少人知。逝世後受到重視擁戴，尤其是佩索亞。

等我死去，
等我走遠——像所有人那般不光彩地離開——
踏上那條我們無法正面迎接想法的路，
穿過那扇若有選擇我們絕對不走的門，
前往那座船長不認識的海港，
就讓這一刻，值得所有我已經承受的
苦悶，
在這古老神聖神祕的時刻，
也許比表面看來更遠古的時刻，
柏拉圖在夢中看見上帝旨意
將身體與存在形塑成貌似真實之物，
在他的思想中，賦予它田野般的具體。

就讓你這一刻帶我前去埋葬，
在我不曉得如何活著的一刻，
當我不知有何感受，抑或假裝我能感受，
在慈悲飽受折磨而茂盛的這一刻，
慈悲的陰影並非來自萬物，而是某物
它經過時不會在有知生命的地面上
拖拽過長袍
也不會在視覺的路徑留下一絲香氣。

將雙手交疊膝上，噢，我不擁有或
不期待擁有的配偶，
將雙手交疊膝上，沉默不語望著我
就在此刻，當我無法看見你正凝視我，
默不吭聲地偷偷盯著我，請捫心自問
——了解我的你——我是誰……

1914.6.30

航海頌

夏日清晨獨自在空無一人的碼頭，
我望向沙灘，望向不定，
觀望著，我滿足發現
一個進港汽船的微小黑色身影。
遙遠卻清晰可見，神態經典獨到。
在遙遠的背後留下一道無用煙痕。
船正要進港，帶著早晨降臨，處處可見
河面四方傳來航海生活的騷動：
船帆揚起，拖船前進，
停泊的輪船後方小船乍現。
微風輕盈飄動。
但我的靈魂卻繫著最渺小遙遠的它，
那艘即將入港的汽船，
因為遠在他方，跟早晨同在，
與此時此刻的航海意義同在，
和我體內惝惝不安的甜蜜疼痛同在，
猶如某場病痛的濫觴，卻是我靈魂之傷。

我凝視著遠方汽船，心神飄往
他方，
我內心有個飛輪徐徐轉動起來。

早晨時分汽船繞過沙灘入港
為我的雙眼帶來
人們來來去去、又喜又悲的祕密。
帶來遙遠碼頭與其他時刻的回憶
海港全非、人物依舊的回憶。
每有一艘輪船抵達，每有一艘輪船揚帆
都是——我宛若感受自己的血液般感受到——
無意識的象徵意義，富有

形而上意義
讓我心裡那個曾經的自我蠢蠢欲動……

啊，碼頭都是以石頭打造的鄉愁！
當輪船拖著步伐離去
我們霎時注意到碼頭和船身之間
的距離越拉越大，
忽然湧上一股我無從解釋的焦慮，
悲傷情緒的迷霧
在我焦慮旺盛的烈日裡閃爍光芒
猶如第一個黎明拂過的窗，
彷如某人回想起來的往事包圍著我
如今奇妙地成了我的。

啊，誰又知道，誰會知道
倘若我尚未揚帆離開碼頭
早在久遠以前，早在我——若我是一艘船
在斜射晨光籠罩之中，
尚未從另一個港口離去？
誰知道，若早在我所認識的客觀世界
為了我降臨前，
我尚未從人潮寥寥無幾
的一座大型碼頭出發，
從一座半睡半醒的大都市出發，
從一座生氣勃勃、人口過剩的商業大城出發，
前往時空之外的遙遠他方？

沒錯，從一座碼頭出發，某層面來說
真實有形，具有碼頭型態的真實碼頭，
我們不自覺仿效的那座

絕對碼頭，
不知情地喚醒我們，建造
一座港口，屬於我們的碼頭，
使用真實石頭，蓋在真實水面上的碼頭，
一蓋好，我們毫無預警發現，它們成為
真實，心靈，具有靈魂的石頭軀殼，
於某些根本感受的時刻
一扇客觀世界的門似乎打開
卻，在沒有絲毫改變下，
一切都變得不同。

啊，國家輪船乘風揚帆離開的偉大碼頭！
噢，偉大的太古碼頭，永恆而神聖！
什麼港口？哪些水域？我為何好奇？
偉大碼頭猶如其他碼頭，卻獨一無二。
相同地，在黎明前的幽謐裡颯颯作響
起重機以及進站的貨運列車的聲響
隨著早晨綻放盛開，
鄰近工廠偶然飄出
的稀薄黑煙下
烏漆了黑色閃亮、撒上煤礦的地面
猶如閃逝滑過幽暗水域的雲影……

啊，是什麼神祕與感官的精髓
凝聚在神聖啟發的心醉神迷中
在寂靜和焦慮塗鴉上色的時刻
任一座碼頭與這座碼頭的橋樑成形！

黑壓壓映照在寧靜止水的碼頭，
船上人聲雜沓，

噢，寄居船舶無止境遊蕩的靈魂，
象徵意義的人來來去去，對他們而言
沒有什麼是永恆，
等輪船回到港口
船上絕對不斷變遷！

噢，永不止息的航行、出發、多變
讓人為之迷醉！
領航員和導航的恆久靈魂！
隨著輪船離開海港
船身緩緩映照水面！
猶如生命的靈魂漂浮，像聲音向前衝刺，
活在當下，溫柔攪動悠遠水域，
醒來發現比歐洲時間更近的日子，
望見大海寂寥邊緣的神祕海港，
繞過遙遙海岬，頓時發現海闊天空的風光
令人為之驚艷的無盡山坡……

啊，遙遠的海灘，自遠方瞥見的碼頭，
下一刻海灘逐漸逼近，碼頭映入眼簾。
每次出航，每次到港的奧祕，
這不可思議的宇宙
悲傷的不定性與不可測
伴隨著每個消逝的航海時刻，皮膚裡
感觸更深刻！
我們的靈魂荒謬啜泣
是為那遠方漂浮著陌生島嶼的浩瀚海洋，
是為那無人探訪國度的悠長海岸線，
是為那隨著輪船逼近、房屋和人們輪廓
變得逐漸清晰的海港。

啊，抵港的清晨是多麼清新，
啟程的上午又是多麼黯淡，
當我們的五臟六腑縮成一團
近乎恐懼的微弱模糊意識
——人類對割捨熟悉與離開的遠古恐懼，
對抵達和嶄新永世的神祕恐懼——
讓我們在肌膚下焦慮縮小。
我們全身上下都在疼痛，彷彿我們的靈魂
感受到一股莫名欲望，
以其他形式感受這一切。
對某件事物有感而發的惆悵，
情感的騷動，是為了哪個無以名之的國家？
哪片海岸？哪艘船隻？哪個碼頭？
這個想法凋萎，
我們內心僅剩下巨大窟窿，
一種海上片刻的空洞滿足，
一種可能是疲憊或哀愁的朦朧焦慮
若它真知何謂疲憊或哀愁……

即便如此，夏日早晨略微沁涼。
深夜微微慵懶仍飄蕩在輕顫空氣中。
我體內的飛輪轉得更快。
汽船正逐漸逼近，因我知道它肯定正
步步逼近
而不是因為我看得見它在遠方移動。

在我想像中，它已十分接近且清晰可見
上下兩排舷窗映入眼簾，
我渾身都在顫抖，所有肌肉和筋骨，
只為那未曾搭著小船抵達的人

那個我今天前來接待的人，為了那
拐彎抹角的指令。
好幾艘船隻繞過沙灘而來，
好幾艘船隻自海港出發，
好幾艘船隻即將抵達
（我想像自己從空無一人的沙灘望著它們），
這些抽象的船準備啟程——
這些船感動著我，彷彿它們不
僅僅是船，來來去去的船。

近距離觀察的那幾艘船，縱使我們
不準備搭船啟航，
從下方小艇瞥見，在鋼鐵舷側旁邊、
船身內部的客艙、休息室、儲藏室
看見的船隻，
近距離觀察那頭頂逐漸細窄的船桅，
手裡摩擦著纜繩，步下狹窄的
樓梯，
吸嗅著所有物質混雜的油膩金屬及大海
氣味——
近距離觀察的船身看來截然不同，卻
如出一轍，
以不同方式勾起同樣惆悵和
同樣企盼。

航海人生！它所擁戴的與它的一切！
它的甜美誘惑滲透進我的血液，
我迷迷糊糊做著航海白日夢。
被地平線扯平的遙遠海岸線！
海岬、島嶼、沙灘！

航海的孤寂，就像漂浮太平洋的某些片刻
以學生時期學到的暗示力量，我們的神經
感到這片廣大浩瀚海洋的重量，
世界和萬物的滋味在我們心裡成了一片荒漠！
更為泥濘斑斑，更遼闊的人類大西洋！
印度洋，最神祕的海域！
地中海，少了點神祕莫測，多了點柔和古典，
這片海洋沖刷著
鄰近花園裡粉白雕像瞥見的海濱空地！
我多想攬著所有大洋、海峽、水灣、海灣
緊緊擁入懷裡，感覺到它們親近，然後死去！

而你，噢，航海的萬物，我昔日夢想的玩物！
在我體外，成為我的內在生活吧！
龍骨、桅杆、船帆、舵柄、索具，
煙囪、螺旋槳、上桅帆、三角旗、
舵柄繩、艙梯、汽鍋、輸送管、閥，
在我體內跌落成堆，一整堆，
猶如一只抽屜傾倒在地、七零八落的
內容物！
成為我狂熱貪念的寶藏，
成為我幻想樹木的果實，
我歌曲的主題，理智脈搏裡的血液，
我與客觀世界之間的美感連結！
供應我暗喻、影像、文學，
因為說真的，實實在在，認真地，不誇張，
我的感官就是一艘龍骨探入空中的船，
我的想像力是一半沉入水底的錨，
我的企盼是一根斷裂的槳，
我的神經是在沙灘上晾乾的魚網！

河上某處傳來一聲哨音。
我心靈的土地這會兒不住震顫。
我體內的飛輪持續加速。

啊，汽船，航海，如此這般
絲毫不知
身在何方，我們熟悉的水手！
啊，認識這位在太平洋小島溺斃的男人
為他蓋上棺木是我們的光榮！
認識他的我們會以滿滿驕傲和寧靜堅信
為所有人轉述這則故事
我們相信故事具有更深遠美麗的寓意
不是只有他所航行的船沉淪消逝
不是只有他沉落水底，肺部進水爾爾！

啊，汽船，煤輪、帆船！
多麼罕見，哎呀！帆船在滔滔海浪上多麼好看！
熱愛現代文明、以靈魂親吻機械
的我，
身為工程師、精明幹練，國外深造的我，
只渴望再度見到木船和
帆船，
只想認識大海的古老人生，不需要其他
航海人生！
只因古老大海即是絕對距離，
純淨的遠方，不受今日負重所累……
啊，這一切讓我想起那場更美好的人生，
想起航海緩慢，於是海洋更廣闊，
想起神祕未知，只因它們是無人知聞的
海洋！

每艘遠方汽船都是咫尺之遙的大帆船。
每艘今日所見的遙遠輪船都是歷史悠久
卻近距離觀看的船。
所有漂浮在地平線船上、看不見的水手，
皆是來自古船時代、看得到的水手，
來自船帆驅動、緩慢而危險重重的航海年代，
來自航海耗時數月的木造帆船年代。

關於航海的錯亂狂喜逐漸掌控了我，
碼頭和它散發的氛圍真實滲透了我，
太加斯河的奔騰淹沒了我的感官，
於是我開始幻想，被水域的夢境
簇擁包圍，
我靈魂的輸送帶開始奮力運轉，
飛輪的加速顯然震顫著我。

河水呼喚著我，
海洋呼喚著我，
擁有實體的遠方聲音呼喚著我，
每個過往的航海年代都在聲聲呼喚。

是你，吉姆‧巴內斯，英格蘭水手，我的朋友，
你教會了我古老英語的呼喊
為複雜如我的靈魂
強而有力地歸納出
水域令人迷惘的呼喊，
所有關於航海，關於船難，關於長途航海，關於危險渡海
固有奇異的聲音，
你那一聲英語呼喊，在我血液裡化為

宇宙之物，
呼喊獨一無二，不具人類形式或聲音，
巨大驚人的呼喊聽起來猶如迴盪
在天空即是屋頂的洞穴內部
似乎訴說著所有不祥事物
故事或許在遙遠他方的大海，夜裡於焉發生……
（你總是在嘴邊圈起你那雙飽經風霜的
黝黑大手，形成一個擴音器，
假裝叫喚一艘縱帆船，喊著：

啊嗬———唷……
縱帆船，啊嗬——唷……）

我此刻便可從這兒聽見你的呼喊，驚醒時有了發現。
風兒顫抖。早晨升起。熱氣開始流動。
我感覺到雙頰漲紅。
我有意識的瞪大雙眼。
狂喜在我體內蠢動、逐增、升高。
一聲盲目縱情的嗡嗡
飛輪不停歇強化轉動。

噢，喧囂的呼喊
那股熱烈和怒氣令我的期盼
在爆炸性的合奏下熊熊沸騰，
即便是我的索然——所有單調！——都變得生動有趣……
一種我不知從何而來歸來的舊愛
對我的血液央求
還有足夠力量去誘惑牽引著我，
還有足夠力氣去讓我憎恨這場人生
我被真人包圍著，活在

密不通風的身心靈之中！

啊，啟航吧！無論以何種方法，前往哪個目的地！
跨越大浪，跨越未知危險，跨越海洋
出發去吧！
前往遙遠遼闊之地，前進抽象距離，
帶著不確定穿越神祕深沉的黑夜，
像是被強風氣流吹送揚起的塵埃！
去吧，去吧，去吧，僅此一回！
我的血液全部渴望翅膀！
我的身體全部撲向前方！
我乘風破浪，衝破我的想像！
我踩踏腳下的自我，咆哮衝刺！
我的渴求化為泡沫
我的肉身是一折衝撞峭壁的波浪！

想一想吧——噢，憤怒！想一想吧——噢，狂怒！
想一想我充滿渴求的渺小人生，
剎那間，輕微顫抖，軌道之外，
源自我不停歇的想像飛輪，
一陣劇烈巨大的可怕晃動
喔喔逼人的航海人生那漆黑暴虐欲望
衝出我體外呼嘯，發出短促呼喊，語無倫次。

嘿，水兵，守衛！嘿，船員、舵手！
領航員、海員、水手，探險家！
嘿，船長！嘿，掌舵及升起桅杆的男人！
睡在木頭鋪位的男人！
與那從舷窗偷瞄的危險入眠的男人！
枕著死亡沉睡的男人！

擁有甲板和橋樓、能夠觀望
無垠大海之浩瀚的男人！
嘿，起重機操作員！
嘿，修整船帆的人、鍋爐工、客艙乘務員！
將貨物搬運進貨艙的男人！
在甲板上捲起纜繩的男人！
拋光艙門金屬的男人！
掌管舵柄的男人！負責引擎的男人！管理桅杆的男人！
嘿，嘿，嘿，嘿，嘿，嘿，嘿！
戴著尖挺鴨舌帽的男人！身穿網狀背心的男人！
胸前繡有錨和十字旗的
男人！
刺青的男人！叼著菸斗的男人！站在舷邊的男人！
太陽曝曬得黝黑，雨水澆淋得皮皺，
遼闊海面包圍，目光清澈，
強風吹拂得一臉英勇，
嘿，嘿，嘿，嘿，嘿，嘿，嘿！
見過巴塔哥尼亞的男人！
曾去過澳大利亞的男人！
雙眼曾經飽覽我不曾見識海岸的男人！
登陸我不曾踏足國度的男人！
在殖民地偏僻腹地的前緣購買粗糙製品
的男人！
而你卻一副沒什麼大不了的模樣。
彷彿這是天經地義，
彷彿人生不過如此，
彷彿你還沒實現命運！
嘿，嘿，嘿，嘿，嘿，嘿，嘿！
今日的大海男兒！昨日的大海男兒！
事務長！廚房僕役！勒班陀的戰士！

羅馬時代的海盜！來自希臘的水手！
腓尼基人！迦太基人！從薩格雷斯出海的
葡萄牙人
踏上沒把握的歷險，航向絕對之海，
達成不可能任務的人！
嘿，嘿，嘿，嘿，嘿，嘿，嘿！
豎起石柱、為海岬命名的男人！
初次與黑人進行貿易的男人！
首度從全新國度販賣奴隸的男人！
首度令驚恐黑女人體會歐洲痙攣的男人！
從充滿富饒植物草木的山腰
帶回黃金珠寶、沉香木、弓箭的男人！
掠奪寧靜非洲村莊的男人，
以震耳欲聾的大砲炸得土著飛上天空的男人，
屠殺、搶劫、折磨，並因一頭栽進
全新神祕大海，獲得
新鮮獎賞的男人！嘿，嘿，嘿，嘿，嘿！
我要向象徵眾人精神的一位男人致意，代表全體的一人，
所有合而為一，融為一體的人，
所有血腥暴力，又恨又怕，傳奇頌揚的人，
我向你們致敬，我向你們致敬，我向你們致敬！
嘿，嘿，嘿，嘿，嘿！嘿，嘿，嘿，嘿，嘿！嘿，嘿，嘿，
嘿，嘿，嘿，嘿！
嘿，啦，喔，啦，喔，啦，喔，啦，啊，啊，啊，啊，啊！

我想跟你們一起去，跟你們一起去，
同時跟著所有人的腳步
前往你們去過的所在！
我想要迎頭對上你們遭遇的危險，
用我的臉感受吹拂著你們飽經風霜臉龐的風兒，

讓我的唇吐出吻上你們嘴唇的海水鹽巴，
讓我幫你們擦洗甲板，暴風雨中與你們並肩，
最後像你們一樣抵達出類拔萃的海港！
與你們從文明逃逸！
和你們一起喪失道德倫理！
感覺我的人性在遙遠他方出現變化。
在南洋與你一口仰盡我靈魂裡
全新的獸性，全新的躁動，
全新的核心之火在我精神裡的火山燃燒！
跟你們一起去，褪去（給我滾蛋！）
我文明人的外衣，我的溫和性情，
我對於枷鎖腳銬的先天恐懼，
我的寧靜生活，
我那停滯不前、秩序井然、千篇一律的人生！

前往大海，大海，大海，大海吧！
啊，把我的人生拋向風，拋向浪，
拋向大海！
以風吹散的泡沫海鹽
為我的偉大旅途佐味！
以海水拍打抽鞭著我冒險犯難的肉體，
以冰寒深海澆滅我存在的骨骼，
與風、泡沫、太陽，折磨切割枯萎
我猶如颶風的大西洋軀體，
我猶如繃緊裹屍布拉扯的神經，
像是風兒手裡的一把豎琴！

對，對，對……在你的大海十字架上釘起我
我的肩膀在十字架上狂歡！
將我與你的航行繫起，猶如綁上木樁

木樁的感受刺穿我的脊椎
我會在被動龐大的狂喜中感受！
只要在海上，只要在船隻甲板，
隨著海浪呢喃，隨你怎麼處置我都好。
傷害我，撕裂我，殺了我！
我只想要帶著一個跟著大海載浮載沉
的靈魂，會見死神，
為了航海癡迷醉心，
為了水手、船錨、纜繩，
為了遙遠海岸和強風咆哮，
為了迢遙他方和碼頭、船難、
以及和平的貿易往來，
為了船桅和海浪如痴如醉，
去見死神——以令人愉悅舒適的疼痛——
以一具滿是吸乾生命的水蛭，覆蓋
著詭異荒唐綠色海參的軀體！

將我的血管製成左右支索！
用我的肌肉打造鋼纜！
剝下我的皮，釘在龍骨上！
讓我感受鐵釘的痛楚，讓痛楚永遠存留！
在戰爭時代的古船上
把我的心臟做成海軍上將的旗幟！
挖出我的眼球，用你的雙腳把它們蹭進
甲板！
往舷緣敲碎我的骨骼！
將我綁在桅杆上，鞭打我，鞭打我！
將我的鮮血潑灑所有經度緯度的風
一陣狂風暴雨的劇烈痙攣之中
灑上那狂怒的水面

拖拽過船尾樓甲板！

擁有風中帆布的英勇無畏！
成為吹拂桅帆的呼嘯風聲！
一把老吉他演奏著生活危機四伏的法多 * 民謠，
一首獻給水手聆聽卻不重複的歌曲！

叛變水手們
帆桁上吊死船長。
另一名船長被拋棄在無人島，
孤立無援！
熱帶烈陽使我緊繃的血管猶如
古老海盜，熱血高張沸騰。
巴塔哥尼亞的風為我的想像力
紋上悲慘可憎的圖像。
火，火，火啊，在我體內燃燒！
血液！血液！血液！血液！
我的大腦快要爆炸！
我熟悉的世界炸裂成一片猩紅！
我的血管隨著錨鏈的聲響斷裂！
從爆裂聲深處傳來野蠻貪婪的
偉大海盜之歌，
偉大海盜嘶吼之死，他的歌聲
令他的伙伴背脊發涼。
他死於船尾，咆哮出他的歌曲：

* Fado, 一種葡萄牙民謠，曲調哀愁，歷史可追溯至 1820 年代，歌詞多描述航
海或貧窮人生。

十五個人坐在死人櫃島＊，
唷嗬嗬，手裡還有一瓶蘭姆酒！

接著發出爆裂不真實的嘶吼：

達比·麥葛勞勞勞勞勞勞！
達比·麥葛勞勞勞勞勞勞勞勞勞勞！
還不快把蘭姆酒送來船尾，達比！
啊，不凡的人生！真是不凡的人生！
嘿，嘿，嘿，嘿，嘿，嘿，嘿！
嘿，啦，喔，啦，喔，啦，噢，啦，啊，啊，啊，啊，啊！
嘿，嘿，嘿，嘿，嘿，嘿，嘿！

龍骨斷裂，船身凹陷，大海染血！
甲板滿是鮮血，屍首分離！
截斷指頭被遺留在舷邊！
東一個西一個孩童頭顱！
被挖眼珠的人咆哮尖叫！
嘿，嘿，嘿，嘿，嘿，嘿，嘿，嘿，嘿，嘿！
嘿，嘿，嘿，嘿，嘿，嘿，嘿，嘿，嘿，嘿！
像是一件斗篷，天冷時我將所有聲響包裹！
我像一隻磨蹭著牆的發情貓，磨蹭這所有！
我像飢腸轆轆的獅子為眼前一切咆哮！
我彷如一頭瘋牛俯衝而上！
我的指甲鑿陷，猛力到爪子斷裂，咀嚼至

＊ 羅伯特·路易斯·史蒂文森的《金銀島》（Treasure Island）中的海盜歌曲。
典故是十八世紀初，為了懲罰暴動不服的船員，海盜「黑鬍子」遂將這群水手
丟在英屬維京群島中、荒蕪峭壁環繞的死人櫃島，並一人發了一把彎刀和一瓶
蘭姆酒，期望他們自相殘殺。但三十天過後，黑鬍子折返時卻發現十五名倖存
者。

我的牙齒滲血！
嘿，嘿，嘿，嘿，嘿，嘿，嘿，嘿，嘿，嘿！

驟然我聽見那聲古老呼喊，
如今變成憤怒刺耳金屬般，
宛若在我身邊吹響的喇叭，
聲聲喚著它所瞥見的獵物，
那艘即將被捕捉的縱帆船

啊嗬嗬嗬嗬嗬嗬嗬嗬嗬嗬嗬嗬——唷……
縱帆船啊嗬嗬嗬嗬嗬嗬嗬嗬嗬嗬嗬嗬嗬嗬嗬——唷……

世界已經離我遠去！我殺紅了眼！
這場攻擊令我震怒咆哮！
海盜頭子！海盜中的凱薩！
我掠奪、謀殺、撕裂、劈砍！
我只感覺到大海、獵物、掠劫！
體內只感覺到太陽穴的血管
搏動，敲打著我！
我雙眼感覺滲出了狂熱鮮血！
嘿，嘿，嘿，嘿，嘿，嘿，嘿，嘿，嘿，嘿！
啊，海盜，海盜，海盜！
愛我，也恨我吧，海盜！
收我成你們的一份子吧，海盜！

你的憤怒和殘酷是怎麼對待一副女人軀體
的血液。那副身軀曾屬於我，而它的貪慾
存活了下來！

我想成為象徵你所有舉止的動物，

尖牙利齒深深陷入船身龍骨，
啃噬桅杆，暢飲甲板的鮮血瀝青，
咀嚼船帆、船槳、纜繩、滑輪——
一隻啃咬著你罪行的殘暴女海蛇！

有一首感受矛盾又極其相似的
交響曲，
滔滔海浪的血腥狂縱抽搐喧囂，
和諧地在我震耳欲聾的罪惡血液裡結合，
猶如一陣灼熱狂風，憤怒吹進我的腦海，
一朵炎熱煙雲遮蔽了我的感官
於是我只以皮膚和血管夢著望著這一切！

海盜，掠奪、船隻、時刻，
捕獲獵物的航海時刻
和捕獲獵物恐懼到陷入瘋狂——
那個時刻
所有罪行、恐懼、船、人、大海、天空、雲朵、
微風、經度、緯度、嘶喊的人聲，
我想要這些成為我身體的全部，
痛苦著，
成為我的血與肉，形成我存在的
血紅物質，
在我靈魂不真實的肉體，一道搔癢傷口般茁壯！

啊，成為各種罪行的全部！成為掠奪船隻、
屠殺奸辱的每個環節
其中一份子！
凡是發生掠劫，都是身在現場的背景，
在血腥悲劇的場景中，不論存活死亡，

都成為其中一份子！
成為海盜鼎盛時期惡形惡狀掠奪的總和，
成為世上所有海盜被害者混合而成一體
的血與肉！

讓我那副消極被動身軀成為全女性
曾遭海盜凌辱、謀殺、切割、拖行的女性！
成為逆來順受的自我，成為不得不當他們
女人的女人！
去感覺所有——同時感受一切——流竄
我的背脊！

噢，我冒險罪惡、毛茸茸的魯莽英雄！
我外出航海、人面獸心的伴侶，想像中的丈夫！
我那不率直表達情感的情夫！
我渴望成為那個在海港等待你歸來的女人，
守候你，流著海盜血液的她夢裡深愛、令人髮指
的男人！
只因她與你熱血沸騰，為那在海上受你荼毒
的赤裸遺體，即使只是精神同在！
只因她願與你的罪惡同在，願與你在大海
放縱
她的巫婆靈魂會無形地隨著你每個
肢體、短彎刀、掐扼的動作
翩然起舞！
她會在陸上守候你，倘若你真來了，在那
一刻，
在你愛情的癡狂咆哮中，一飲而盡你所有
征服的浩瀚險惡朦朧香氣，
當你狂喜地抽搐扭動，她會以口哨哼出一首

閃爍黃紅的黑色安息曲！

皮開肉綻，開腸破肚的身軀，鮮血四濺！
如今你種種行徑的夢境達到高潮，
我完全失去自我，我不再屬於你，我即是你，
陰柔嬌弱並不只為跟你在一起，而是成為你
的靈魂！
在你發洩時進入你的野蠻，
深深吸收你感受的意識
當你血染滔滔大海，
當你偶爾將奄奄一息的傷者和孩童那
粉色肉體拋向
鯊魚，
你拽著他們的母親到甲板欄杆，觀看
孩子遭遇的慘事！

在大屠殺和掠劫中與你同在！
在你掠奪的交響曲中與你
和聲！
啊，我多希望以不同方式成為你！
不只成為你的女人，不僅身為你的女人，不僅身為
你的受害者，
不僅身為你荼毒的男人，女人，孩子，船隻，
不僅是那一刻，那幾艘船，那幾折海浪，
不僅是你的靈魂，你的身體，你的怒火，你的財富，
不僅是你對我肉體自身的抽象
放縱，
不僅如此，我還要更多——並成為這一切的
上帝！
我必須成為上帝，信仰顛覆倒置的上帝，

充滿獸性的邪惡上帝，嗜血的泛神論
上帝，
能夠填補所有我想像怒火的每個裂縫
永不耗盡我認同你所有征程
的欲望！

啊，為了治癒我，折磨我吧！
在刀刃落在頭頸前
讓我的肉體成為你短彎刀劃過的空氣！
讓我的血管成為你刀鋒撕裂的衣物！
讓我的想像力成為你姦辱女性的身體！
讓我的思想是你駐足屠殺的那片甲板！
我這一生——緊繃荒唐、歇斯底里的總和——
曾經發生種種海盜行為的
大型有機體
是一個具有意識的細胞，而我的全身則有如一個
龐大擺盪的腐敗物質般旋轉，為這一切賦予形體！

我充滿幻想的狂熱機器
如今以令人害怕的縱情速度打轉
而我的飛輪意識
不過是在空中旋轉的模糊圓形。

十五個人坐在死人櫃島，
唷嗬嗬，手裡還有一瓶蘭姆酒！

嘿，啦，喔，啦，喔，啦，喔 —— 啦，啊，啊，啊，啊，
啊——啊，啊，啊……

啊！野蠻行徑的野蠻！誰又管

我們這樣的生命，跟這一切沾不上邊的生命！
瞧瞧我：一介工程師！必要的務實，對萬物
洞察敏感，
與你相比，即使走路都沉悶無比；
呆滯遲鈍，即使行動；虛軟無力，即使堅不退讓；
我是你榮耀的停滯、破碎、懦弱叛徒，
我是你尖銳、火熱、血腥活力的相反！

我該死的無能無法將興奮化為行動！
我該死的不能鬆開文明的工作裙繫帶！
我該死的彷若背上揹著一綑蕾絲，一貫的
優雅姿態！
現代人道主義的宣傳人員——我們可不都是
如此！
一群肺病、精神衰弱、痰疾的可憐患者，
沒有暴力狂妄男人的氣魄，
我們的靈魂形同一隻雙足束縛的雞！

啊，海盜啊！海盜！
殘酷渴求著無法無天，
渴望著野蠻殘暴和惡劣行徑，
抽象慾望般嚙噬著我們嬌弱身軀，
啃咬著我們不堪一擊的嬌弱神經，
用癲狂高燒點燃我們的空白注視！

讓我跪在你跟前！
抽打羞辱我！
把我當成你的奴隸和玩物！
斷不可剝奪你對我的輕蔑！
噢，我的主人！噢，我的主子！

在血腥行徑和無止境的淫慾之中
永久榮耀地接下被動角色！
偌大牆壁傾塌我身一般，
噢，古老大海的野蠻人！
撕裂我，傷害我！
把鮮血灑在我身
從東方灑向西方！
以短彎刀、鞭子、憤怒來親吻
我歸屬於你飄然的肉慾恐懼，
我臣服於你震怒的受虐渴求，
成了你雜食殘酷下具有感知的
麻木對象，
統治者，君主，帝王，海盜！
啊，折磨我吧，
撕裂我吧！
將我被劈砍成尚有意識的塊狀，
四處拋上甲板，
灑落大海，將我留在
貪婪的島嶼沙灘上！
以你所有玄想滿足我！
以鮮血雕刻我的靈魂！
切割鞭打！
噢，我肉體想像的刺青師！
我臣服肉體的摯愛剝皮者！
讓我像隻被踹至沒有氣息的狗般順從！
讓我成為裝盛你高傲輕蔑的容器！

讓我化身你所有受害者！
猶如為世人受難的基督，我想為了慘遭

你雙手折騰的受害者承受痛苦，
你那長繭沾血的手，瞬間猛擊舷邊時
削落的指頭！

把我變成一個可以拖拽的物品！
——噢，愉悅至極，噢，親愛的痛楚！——
彷彿一匹後臀被你抽打的馬……
但這一切皆在海上發生，海海海上，海海海上！
嘿，嘿，嘿，嘿，嘿！嘿，嘿，嘿，嘿，嘿，嘿，嘿！嘿，
嘿，嘿，
嘿，嘿，嘿！海海海上！
耶，耶，耶，耶，耶，耶！耶，耶，耶，耶，耶，耶！耶，
耶，耶，耶，耶，耶，
耶，耶！
萬物咆哮吧！毫無保留地咆哮出來！風，海浪，
小船，
大海，上桅帆，海盜，我的心臟，血液，還有空氣，空氣！
嘿，嘿，嘿，嘿！耶，耶，耶，耶，耶！耶，耶，耶，耶，
耶，耶！萬物
全以歌聲咆哮出來！

十五個人坐在死人櫃島，
唷嗬嗬，手裡還有一瓶蘭姆酒！

嘿，嘿，嘿，嘿，嘿，嘿，嘿！嘿，嘿，嘿，嘿，嘿，嘿，
嘿！嘿，嘿，嘿，嘿，嘿，嘿，嘿！
嘿，啦，噢，啦，噢，啦，噢噢噢噢噢喔，啦啊啊啊啊——啊
啊啊！

啊嗬嗬——唷！……

縱帆船啊嗬嗬——唷！……

達比·麥葛勞勞勞勞勞勞！
達比·麥葛勞勞勞勞勞勞勞勞勞！
還不快把蘭姆酒送來船尾，達比！

嘿，嘿，嘿，嘿，嘿，嘿，嘿！
嘿，嘿，嘿，嘿，嘿，嘿，嘿，嘿！
嘿，嘿，嘿，嘿，嘿，嘿，嘿，嘿，嘿！
嘿，嘿，嘿，嘿，嘿，嘿，嘿，嘿，嘿，嘿！

嘿，嘿，嘿，嘿，嘿，嘿，嘿，嘿，嘿，嘿，嘿！
內心某樣東西應聲斷裂。紅幕化為薄暮。
我感情豐富到無法再持續感受。
靈魂耗損，體內唯獨回音纏繞。
飛輪逐漸緩下。
我的夢境從眼前稍微舉起它們的雙手。
除了空洞、荒漠、暗夜汪洋，我什麼也不剩。
我一旦感覺到體內的暗夜汪洋，
嘹亮古老的呼喊便再次，再次，
從無盡遠方的寂靜之中揚起。
猶如聲音的閃電劃過——撫慰人心而不喧譁——
伴隨著所有潤澤海洋地平線
和夜裡瞬間湧出的幽黑人影，
猶如遠處的汽笛嚎嗨呼嘯，它從
迢遙深處，海洋深處，深淵之心
升起，
我的破碎夢境猶如海藻漂浮
表面……

啊嗬嗬——唷！……
縱帆船啊嗬嗬——唷！……

啊，我愉悅心情的鮮美朝露！
我內心汪洋裡的黑夜沁涼！

我體內一切全都瞅著大海黑夜
充斥著黑夜浪潮屬於人類的
浩瀚祕密。
月亮冉冉升上地平線
幸福童年在我內心猶如一顆眼淚湧上。
我的往事一再浮現，彷彿水手的吆喝
一股氣味，一種聲音，一首歌的回音
從我的過往傳出聲聲叫喚
我那今後不再知曉的快樂。

那是在河邊的老舊寧靜房屋裡……
（我的臥室窗子，正如客廳窗戶，
眺望幾間低矮房子，以及房屋後方
那一條河，
太加斯河，卻是更下游的太加斯河。
若今日我眺望出同樣的窗，並不會望出
同樣的窗。
那段光陰已逝去，猶如公海汽船吐出的
煙霧……）

一種無以言喻的溫柔感受，
一種令人熱淚盈眶、內心澎湃的悔恨，
所有受害者——尤其是孩子——
我夢到我是古代海盜時，同時夢見了

傷痕……
因為他們是我的受害者，所以感到一絲悔意；
只因他們不是真的遇害，而感到暖心柔情；
困惑不解的情緒，像是一扇霧氣迷濛的藍窗，
在我可憐哀愁的心裡吟唱著老歌。

啊，我怎能思考抑或夢想著那一切？
幾分鐘以前的自我竟然如此遙遠！
多麼歇斯底里的感受——情緒瞬息萬變、南轅北轍！
在黃金清晨裡甦醒，我的耳朵只聽見符合這種情緒
的事物，何其可笑——河水的輕輕
拍打，
河水溫柔拍打著碼頭……，
沿著遙遠河岸划行的帆船，
日本藍的遠方山丘，
阿爾馬達城的房屋，
以及清晨時刻如同孩子柔軟
的所有事物！……

一隻海鷗飛了過去
我的柔情劇增。

然而此刻我卻毫無留意。
我所有感受僅只表面膚淺，像一抹輕撫。
我的眼從沒離開迢遙夢境，
我那棟佇立河邊的房子，
我那段河畔童年，
我那黑夜裡眺望河水的臥室窗子，
以及月光灑落水面的靜謐！
我的老姑婆，因痛失兒子而愛我……

我的老姑婆，曾經哼歌哄我入睡
（即使當時我已經長大）。
記憶令我潸然淚下，滑落我心，洗滌掉
俗塵，
輕柔微弱的海風飄進我心。
有時她會唱「好船卡翠尼塔號」：

卡翠尼塔號
在海浪上搖擺⋯⋯

有時則是哼唱「美麗公主」，曲調
哀戚，
中古世紀韻味⋯⋯我想起，她悲涼的
蒼老嗓音在我心底響起，
提醒我那之後就不常想起她，而她是
那麼疼愛我！
我對她卻那麼不懷感激──我在自己的
人生可曾成就什麼？
沒錯，「美麗公主」⋯⋯她哼唱時我闔上眼：

美麗公主
坐在花園⋯⋯

我會稍微睜眼，瞥見窗子盈滿
月光，
再度閉眼，對這一切心滿意足。

美麗公主
坐在花園
金色髮梳

梳理秀髮……

噢，我的童年時光，是一只破損布偶！

若我回得了過去，回到那棟房屋，那份
感情，
永遠停留在那，永遠當個孩子，永遠快樂
該有多好！
可一切已成追憶，彷如老舊街角的一盞燈。
回憶教我心冷，只得渴望某樣得不到的
事物。
思考令我不知所措，感覺到荒唐莫名
的悔恨。
噢，矛盾感受的遲滯漩渦！

我靈魂的疑惑微弱暈眩！
粉碎的震怒，猶如孩子把玩線軸那股
溫柔感受，
我感官之眼的想像力崩塌，
淚水，無用的淚，
矛盾的柔緩微風輕撫著我的靈魂……

為了甩掉這種情緒，我憑藉意識努力喚醒，
毫無生氣、無用迫切地努力喚醒
這首描述偉大海盜死去的歌曲：

十五個人坐在死人櫃島，
唷嗬嗬，手裡還有一瓶蘭姆酒！

可這首歌是我體內一條畫得扭曲的直線……

我掙扎著，透過一種近乎文學的想像
我能夠
為我的靈魂之眼喚回
海盜屠殺的肆虐，幾近口乾舌燥的
掠奪胃口，
對女人與小孩無所謂的輕佻屠殺，
對可憐乘客的無端折磨，只為了
一時暢快，
為了打破碎裂他人最珍視事物的
感官滿足，
而我夢著這一切，卻害怕著某樣
朝我後頸吹氣的東西。

我記得在母親眼前絞死她們的兒子
是件多麼有趣享受的事
（但我不由得感受到母親的痛），
將四歲孩童活埋無人島，
再以小船載他們父母前去見證
（但想起我不曾擁有的兒子在家中
安穩入眠時，我不禁顫抖）。

為了不以信仰為藉口的探究，
我試圖搔弄海上罪行的黯淡渴求，
背後不具憤怒或惡意意圖的罪行，
機械化執行，不為傷人，不為害人
甚至不為取悅自己，全為打發
時間，
就像鄉下人在晚餐後將餐巾一把推開，
玩起紙牌接龍遊戲，

只為犯下髮指罪行卻不痛不癢
的爽快愉悅，
目睹痛苦的受害者瀕臨瘋狂邊緣
疼痛而死，卻不讓他們生命結束……
但我的想像力不讓我再繼續下去。
我不禁渾身打顫。
剎那間，從未如此突如其來，從遙遠的
內心深處，
剎那間——噢，驚懼在我的血管內竄流！
噢，內心的神祕之門敞開，一陣風灌了
進來，我猛然感到一股寒意！——
我想起上帝，生命的超然，剎那間
英格蘭水手吉姆・巴內斯的熟悉嗓音，曾經與
我聊得天南地北的那個他，
在我內心幻化成一個充滿感情的聲音，是我愚蠢的
祕密情感，對母親膝蓋的懷念，妹妹的髮飾緞帶，
一個超越事物表面，奇蹟般浮現的
聲音，
如今是絕對之音的遙遠微弱之音，
一個不經嘴唇發出的聲音，
從遠處和深夜的汪洋寂靜內在
傳來，
喚啊喚，喚啊喚，聲聲呼喚我……
呼喚模模糊糊，似乎朦朧卻依舊可聞，
一個來自遠方，彷彿從他處傳來，而
這裡聽不見的聲音，
猶如一個悶悶啜泣，捻滅火燄，靜謐氣息，
並非來自空間的角落，抑或時光之地，
黑夜的永恆哭喊，深層而迷惘的喃喃：

啊嗬嗬——唷……
啊嗬嗬嗬——唷……
縱帆船啊嗬嗬——唷……

靈魂深處的寒意教我全身直抖，
我驟然張開我並未閉起的雙眼。
啊，能徹底浮出夢境是件多美好的事！
回到真實世界，神經不再緊繃！
最早的幾班汽船已經抵達
今晨的世界……

我再也不嚮往之前步步逼近的
汽船。它還很遙遠。
唯有真正接近的事物能洗滌我的靈魂。
我健全堅固務實的想像力
如今只在乎實用的現代事物，
好比貨輪、汽船、乘客，
好比強健、即刻、現代、商業的真實事物。
我內心的飛輪正逐漸放緩。

美好的現代航海人生——
潔淨、適宜、全然機械！
那麼井然有序，那麼條理自然，
所有機械零件，所有出海船隻，
所有進出口貿易活動
皆完美融合
一切彷若自然法則，自然發生，
絕無相互衝突！

一切並未失去詩性。今日也有深具

詩性的機械，全然屬於一種新生活，
商業化、世俗、情感智慧兼具的生活
是機械時代賦予我們靈魂的事物。
航海一如往昔的迷人，
船將永遠迷人，只因它是船。
出海永恆不變，迢迢之處亦
永恆不變：
謝天謝地，它哪裡都不是！

琳瑯滿目的汽船停泊在海港！
大大小小、色彩繽紛，舷窗模樣
五花八門，
隸屬許許多多優秀的船運公司！
到港汽船，擁有多麼特殊的獨立鋪位！
商業的沉穩莊重，定期往返大海，是
多麼迷人，
古老亙久的荷馬海洋，噢，尤里西斯！
深夜遠處，充滿人道關懷目光的燈塔！
抑或鄰近燈塔在深黝黑暗的夜裡瞬息
閃燈
（「我們距離海岸好近！」海水之音在
我們耳畔吟唱！）……

萬事一如既往，只是多了商業，
龐大汽船的商業化命運
讓我為所處年代驕傲不已！
客輪運載形形色色的人
我心生驕傲，活在一個輕鬆
的年代
種族融合，距離消弭，輕鬆

增進見聞
享受人生，實現諸多美夢。

整潔、秩序、現代化，猶如具有
黃格鐵絲網服務窗的辦公室，
當下的感受——像紳士般自然而慎重——
實際卻不歇斯底里，大海空氣填滿
肺部
猶如一個知曉呼吸大海空氣對健康
有益的人。
這一天已經明顯準備就緒，
一切開始運轉，有條有理。

我的靈魂和我以當下自然的
愉悅追隨
所有貨物運輸的必經商業
活動。
我的時代就是印在發貨單的橡皮圖章，
我認為所有辦公室的郵件
應該指名寄給我。

提貨單是多麼特殊，
船長簽名是多麼俐落現代！
信件頭尾商業化的正式用詞：
敬啟者——敬愛的先生——親愛的大家，
你忠實的——誠摯的問候……
這一切人性化而工整，深具美感，
亦總結了航海命運：裝滿貨物的
汽船
信件和發貨單中條列的貨物。

人生錯綜複雜！儘管由人類草擬
有愛有恨，擁有政治偏好，偶爾
犯罪的人類，
發貨單文字卻整齊優美，跟這些
問題沾不上邊！
有些人盯著發貨單，卻毫無同感。
切薩里奧‧維爾德，你肯定感受到了。
我從人類角度感受，不禁熱淚盈眶。
別告訴我經商和辦公室不具
詩性！
詩性滲透每個毛孔⋯⋯我從汪洋空氣中嗅到，
這一切都與汽船和現代航海息息相關，
發貨單和商業信件是故事的
濫觴，
載著貨物橫渡永恆之海的貨船則是
結局。
啊，航海——旅遊也好，其他目的也罷⋯⋯
在海上航行的我們皆是特殊的
伙伴，彷彿一則航海祕密
讓我們靈魂緊緊相依，那刻我們變成
來自一樣不定國度、短暫遷徙的國民，
永遠在無邊無際的水域上移動！
無垠的大飯店，噢，我橫渡大西洋的船！
徹底完美的四海為家，只因你不會永遠
待在同一個地方，
於是你具備不同臉孔、服裝、種族！

旅遊，旅行者——無奇不有！
世界上有太多國籍、職業和人群！
太多可以選擇的人生方向，

在這內心永遠都是同樣人生的生命！
太多張好奇面孔！好奇不已的面孔，
沒有什麼事是比持續觀察人群更為
神聖的事。
四海為兄弟終究已不是革命新概念。
而是我們從日常生活習得之事，而生命
則廣納包容。
我們開始感激我們必須包容的事物，
直到我們幾乎為了曾經包容的一切
痛哭流涕！

啊，這全都如此美麗，具有人性，關乎
人類感情，是那麼友善而庸俗，
是那麼複雜而簡單，那麼形而上地哀愁！
豐富多元的漂浮人生教會了我們何謂
人性！
可憐的人類！我們這些可憐人！

此時我對另一艘船的乘客辭別
船正揚帆，一艘英格蘭的不定期貨船，
低劣得猶如一艘法國輪船，
飄散著海上無產階級勞工的友好氣息，
無庸置疑，昨日報紙後頁
肯定提及。

我的心飄向那可憐汽船，樸實而純真
的汽船。
它似乎覺得自己該當個老實人，對某件事
負責，
對某一個或其他義務忠誠。

它就這麼啟航，獨留我坐在碼頭前的
停泊處。
就這麼啟航，平穩航經那些大帆船
曾經航行的地點，
好久，好久以前……
前往卡地夫？利物浦？抑或倫敦？都無所謂。
它只是盡責，正如我們恪盡個人職責。生命奇妙！
一路順風！一路順風！
一路順風，我那位偶然巧遇、助我一力的可憐朋友
謝謝你帶著我夢境的悲傷和譫妄離去，
重新賦予我生命，好讓我可以凝望你，看著你航行
離去。
一路順風！一路順風！這就是人生……
你帶著早晨常見的自然優雅
挺立筆直地從今日的里斯本港口離去！
這一切奇異地溫暖著我，對你心懷感激……
為了什麼？誰曉得那是什麼！……去吧……
航行離開吧……
輕微顫抖之下
（吱──吱──吱──吱──吱──吱……）
我內心的飛輪戛然而止。

去吧，緩緩汽船，航行離去……
棄我而去吧，離開我的視線，
從我的內心出發，
消失遁入遠方，遠方，上帝的霧裡，
消失吧，追隨你的命運，離我而去……
我是何等人，憑什麼為你流淚又質疑你？
我是何等人，憑什麼對你說話又去愛你？
我是何等人，憑什麼因為看見你而煩惱？

它離開碼頭，金黃太陽升起，更加動人
閃耀，
輕輕擦過碼頭建築的屋頂。
城市的完整一側正在閃爍……
出發吧，離開我，成為
河上第一艘船，獨立而清晰，
成為一艘航向沙灘的黑色小船，
成為地平線上的一個模糊小點（噢，焦慮啊！），
再化為地平線上愈加模糊的一顆小點……
最後所剩無幾，徒留我和我的哀愁，
以及這下沐浴在日光之中的龐大城市，
真實赤裸的時光猶如空蕩無船的碼頭，
而宛若旋動羅盤、緩緩轉動的起重機，
在我靈魂參差不齊的寂靜之中，
描繪出我說不上為何種情緒的半圓形……

1915

向惠特曼致敬 ───────

葡萄牙，無垠──1915 年 6 月 11 日……
嘿啦啊啊啊啊啊啊啊！

自葡萄牙出發，我的腦海乘載著各個歷史年代，
我要向你致敬，惠特曼，我向你致敬，我四海一家的兄弟，
永遠摩登卻雋永，絕對具體事物的
歌頌者，
宇宙東西南北的熾熱情人，
磨蹭著多元化的偉大同性戀者，
由石頭、樹木、人類、職業勾起情慾，
對擦身而過的軀體、偶然相遇、單純觀察
慾火中燒，
物品原料本質的擁護者，
我那蹦跳踏入死亡，呼喊咆哮尖叫著
向上帝打招呼的榮耀英雄！

歌頌著萬物之間熱烈而溫柔的兄弟之情，
你每個毛細孔都是英明的民主主義者，身心
親近萬物，
所有行動的嘉年華會，所有意圖的酒神節，
所有倡議的雙胞胎兄弟，
這世上必定製造機器的
盧梭，
流動情慾稍縱即逝的荷馬，
感官漸漸流成一條河的
莎士比亞，
地平線電學的米爾頓和雪萊！
所有姿態的夢魘，
所有外在物體的內在痙攣，
全宇宙的皮條客，

全太陽系的蕩婦，上帝的娘娘腔！

戴著單邊眼鏡和外套過度緊身的我，
並非配不上你，華特，你知道的。
我並非配不上你，就是這簡單的理由
為此我向你致敬……
懶惰又易於無趣的我，
是你其中一員，你知道，我深愛並且了解
你，
即使我未曾見過你，出生在你辭世那年
前後，
可我知道你也愛我，認識我，而這令我
心滿意足。
我知道你認識我，思忖著我，解說著我。
我知道那就是我，無論是我出生十年前
的布魯克林渡口
抑或今日的黃金街，思量著不是黃金街
的一切，
如同你能感受全部，我亦感受，手牽手
一起走，
手牽手，華特，手牽手，全宇宙在你我
靈魂裡舞動。

我不時親吻你的肖像。
無論你如今身在何方（我不知那是何處，只知
你住在上帝裡）
你感覺得到，我知道你感覺得到，而我（真實）的吻
更為溫暖，
於是你想要我的吻，於是你從自己的所在位置
向我致謝，

我篤定，我莫名知道——我的靈魂感覺到
一股滿足，
是我靈魂深處間接抽象的興奮反應。
你有隻獨眼，一身肌肉，並不俊美，
可你看待世界的態度卻十足女性化，
對你來說每片葉子，每顆石子，每個男人都是
宇宙。

我敬你，親愛的老華特，我優秀的同袍，嗚唷＊！
我屬於你自由奔放的酒神式感官狂縱，
我是你其中一員——從雙腳的感受乃至夢境的
暈眩。
我是你其中一員，瞧瞧我。從你在上帝裡
的某個位置，你看見了上下顛倒的我，
從裡到外……你神聖了我的身體；你看見的是
我的靈魂，
直視著它，並透過靈魂之眼瞧見我的身體。
看看我：你明白我，阿爾瓦羅·德·坎普斯，一介
工程師，感官主義詩人，
我不是你的信徒，不是你的情人，也不是你的歌頌者。
你知道我就是你，並為此欣慰！

我從來無法一氣呵成讀完你的詩……感觸
太豐富……
我穿過你的詩詞，彷彿挨挨擦擦穿越人群，
嗅到他們散發汗水、各式各樣的油味，
人類和機械活動的氣味。
最終我分不出我仍然在閱讀抑或身在其中，

＊ 酒神式的歡呼詞。

我分不出我其實是身處世界，抑或你的
詩詞裡，
我不知我在這裡，兩腳踏在大自然土壤，
抑或我上下顛倒，倒吊在某座商業中心，
懸掛在你喧鬧騷亂靈感、自然的
天花板，
你濃烈感情觸不到的天花板中央。

打開所有門！
我要進去了！
通關密語？華特・惠特曼！
管他什麼密語……
沒人攔得了我……
若迫不得已，我能踢破大門……
沒錯，溫順文明的我要踹開大門，
此時此刻的我既不溫馴也不文明，
我就是我，有血有肉、具有思考能力的宇宙，而我
現在想要進門
我也會成功進門，當我想要進門，
我就是上帝！

把這垃圾逐出我的視線！
將這些情緒收進抽屜裡！
連同政治家、文人、
自以為是的商人、警察、娼妓、皮條客！
全是害命的文字，而非賦予生命的精神。
而此時此刻賦予生命的精神即是「我」！

別讓那狗東西擋住我的去路！
我的路線是穿越無限，直達終點！

我是否能抵達終點都與你無關，
讓我走，
這是我自己的事，上帝，無限二字
就是我……
前進吧！
我踢了下馬刺！

我感覺到馬刺，我即是我所騎乘的馬，
因為與上帝合而為一的意志允許我
幻化成萬物，抑或無物，任何事物，
全依我心情而定……無關乎他人……
令人血液沸騰的譫妄！我想要嘶喊，想要跳躍，
想要嚷嚷、咆哮、飛躍、旋轉，用身體大吼，
黏在車輪上被翻滾輾壓，
躺在即將抽打的扭動
鞭子底下……
化身所有公狗的那隻母狗，依舊不滿足，
化身所有機械的飛輪，卻永遠不夠快速，
化身任何壓碎、棄置、連根拔起、破壞的事物，
只為了你，為的只是致敬頌揚你……
跟我一起舞動這股譫妄，華特，就在你如今
所處的世界，
跟我一起隨著與星辰碰撞的部落舞蹈躍向前，
隨著我疲累到跌落在地，
陪我一起衝撞牆壁，直到我們暈頭轉向，
和我一起裂成小碎片……
在這一切之中，穿越圍繞一切，卻一切皆無，
靈魂裡抽象有形憤怒的漩渦騷動……

來吧！前進吧！

縱使上帝試圖阻止我們，讓我們前進……
無所謂……
讓我們前進，
前進吧，哪裡都不去……
無限！宇宙！沒有目標的目標！又有何
所謂？
轟！轟！轟！轟！轟！
就是現在，沒錯，我們走吧，直走，**轟！**
轟！
轟！
嘿唷……嘿唷……嘿唷……嘿唷……

我猶如一道猛然劈落的雷
心臟雀躍地躍向你。
我跟隨帶路的軍隊，不斷向你致敬……
瘋狂呼喊蹦跳著，跟著盛大列隊遊行
我使出肺部氣力尖聲呼喊著你的名，
為我為你為上帝的聲聲歡呼，全部
獻給你，
隨著腦海中的樂音，宇宙彷如旋轉木馬
繞著我們打轉，
而我，真實光線照耀著我的表皮外層，
樂音般迷醉的機械嘶吼，以及你，
令我癲狂，遠近馳名又大膽無畏的你（……）

✛

因此這是獻給你的
我那跳躍的詩詞，上下跳動的詩詞，抽搐的
詩詞，

我歇斯底里襲上心頭的詩詞，
我那拖曳我神經之馬車的詩詞。
我在跌跤蹣跚之中深受啟發，
我興奮得幾乎無法呼吸，腳站不穩，
詩詞就是我無法從生命爆發的成果。

推開所有窗吧！
從鉸鏈扯下所有扇門！
在我身上推倒房屋！
我想逍遙活在無限制的空間，
我想要在身體之外比手畫腳，
我想要像滑落牆面的雨水流動，
我想要猶如車道鋪石被人踩踏，
我想要宛若重物沉落大海底端，
伴隨我喪失已久的情慾！

我不想裝上門閂！
我不想為箱櫃上鎖！
我想要融合摻和，席捲沖走，
我想要成為他人覬覦的物品，
被扔出垃圾桶，
被拋向大海，
在家中滿足不雅之舉——
只要別繼續靜靜坐在這裡都好！
只要別繼續創作這種詩詞都好！

我想要一個沒有鴻溝的世界！
我想要物品彼此碰觸，互相
滲透！
我想要真實身軀如靈魂般屬於彼此，

動也是，靜也罷！

我想要飛翔，也想從高處墜落！
像一顆手榴彈般投擲！
降落甲地，拋向乙地……
我和萬物末端的抽象極點！

機械化發動的鋼鐵高潮！
無階的速度之梯攀至更高點！
猶如錨般抽取我搏動腸子的
液壓泵！

用手鐐腳銬固定我，好讓我震碎它們！
好讓我用牙齒咬斷它們，咬至牙齒滲
血！
噢，生命的受虐嗜血愉悅！

水手押我為囚。
在黑暗之中緊掐住我，
感覺到時，我短暫死去。
接著我的靈魂舔舐著獨立監牢的地板
不可思議的刺耳嗡響纏繞著我的憤怒。

跳躍，飛騰，唒噬嚼口，
我殷殷期盼的火紅天馬，
我那機械發動、不明確的命運末日！
跳躍，飛騰，以旗幟包裹身體，
以你的血痕標記深夜的無垠，
你身後蔓延的炙熱紅血，
你身後蔓延的鮮血，

我從空氣中的活生生冷血生動感受！
飛騰，跨越，跳躍，
跨越吧，繼續飛躍……

✣

我那騎兵列隊的祈禱！
我那向前衝刺的致敬！

除了你，誰感覺得到事物皆有獨自的生命？
除了你，誰會感受自我、生命、我們，直到
筋疲力盡？
除了你，誰總是偏好備用而不是一般
零件
並把違抗生命常規和形式當作自我
常規？
……
我的幸福是憤怒，
向前衝刺是碰撞
（砰！）
在我體內……

在你體內，噢，我健康疾病的主人，
我要向第一起典型宇宙病例致敬，
讓我受苦受難的「惠特曼症候群」！
尖叫譫妄和憤怒的聖華特！

✣

前往萬物的通道！

邁向萬物的橋樑！
通往萬物的道路！
你那雜食的靈魂……
你那既是鳥，也是魚、獸、男人、女人的靈魂，
你那成雙成對的靈魂，
你那二即是一即是二的靈魂。
你那既是箭亦是閃電、空間、擁抱、核心、
性、德州、卡羅萊納州、紐約、
夜間的布魯克林渡輪、
南來北往的布魯克林渡輪的靈魂，
自由解放！民主！二十世紀近在眼前！
轟！轟！轟！轟！轟！
轟！

你，你的身分，你的所見，你的所聞，
主觀與客觀，主動與被動，
這兒和那兒，處處都是你，
你是個百感交錯的圓，
潛在萬物的里程碑，
可想見物體的神性界限——都是你！
你是時，
你是分，
你是秒！
你散佈，解放，展開，離去，
散佈，解放，離去，展開，
是散佈者，解放者，展開者，寄件人，
你是所有信件上的郵戳，
所有地址的收件人，
投遞、退件、運送的商品……
每小時以靈魂英里移動的感受列車，

每一時，每一分，每一秒。轟！

所有自然、人為與機械的噪音
相搭和諧，是萬物的混亂總和，
充滿著我對你，向你致敬——
的人類呼喊和大地嘶吼，
來自山陵的迴盪，
汩汩水聲，
戰爭的爆裂轟炸，
受苦人類的哀嚎遍野，
漆黑之中模糊不清的哀聲嘆氣。
更親近生命，包圍著我四周的
（這是我向你致敬的最高獎賞），
是哨音，列車的嘎嘎吱吱聲響，
現代化的雜音，工廠噪音，
沉穩嗡鳴，
機械輪子，
飛輪，
螺旋槳
轟⋯⋯

✛

所有歐洲城市的一場盛大夜遊，
工業、商業、休閒浩浩蕩蕩的戰爭遊行，
大型競賽之中，大起大落之中，
嚎叫、跳躍，萬物跟隨我一起跳躍，
我往前一跳，向你致敬，
發出宏亮咆哮向你致敬，
我以連續翻觔斗倒立、歡呼喝采

向你致敬！
嘿啦！
（⋯⋯）

✚

嘿啦，我要召喚
宇宙一窩蜂的全人類，
各式各樣的情緒，
各種類型的思想，
所有輪子、齒輪、靈魂的活塞
就為了發出震耳欲聾的喇叭聲向你致敬。
嘿喲！我大聲嚷嚷，
以「我」的列隊邁向你，它們全以一種形而上
卻無比真實的譫語，以一種在我體內碰撞
的喧囂，轆轆前進⋯⋯

你好，好哇，萬歲，噢，阿波羅的偉大私生子，
九名繆思女神和三位美惠女神熱情卻無能的
情人，
從奧林匹斯山搭乘纜車來找我們，再從這兒前往奧林匹斯山，
現代的憤怒在我體內具體成形，
存在的透明痙攣，
他人動作的花蕊，
人有命而樂享宴席，
卻無人有足夠的命成為所有人，因而震怒，
既然存在的意思是當個私生子，唯獨上帝能
滿足我們的標準。
啊，你歌頌萬物，卻並未歌頌萬物。
在他體內，誰的搏動能比他身體劇烈？

除了感受，誰能感覺到更多感受？
當什麼都不足夠，誰又足夠？
只要一片草能在他的心臟外擁有它的根
誰會是完整？

✛

推開所有的門！
打破所有的窗！
移除這個封閉人生的鎖！
從這個封閉人生撬開這個封閉人生！
把封閉變開放，沒有鎖頭當作提醒，
讓「終止」成為繼續的無知詞彙，
讓終點成為一個恆久抽象的事物，
流動地連結著每一個抵達的終點。
我想要呼吸！
剝除我身體的所有重量！
以繫於無物的抽象翅膀取代我的靈魂！
不，不是翅膀，只是巨大的飛行羽翼！
不，這甚至算不上飛行，只是停止飛翔時變成
飛翔的剩餘速度
沒人可以拖垮「前進」的靈魂！

我想要成為生命的熱度，樹液的
高燒，海浪的節奏和那……
應允存在的存在縫隙……！

四處皆無界限！
萬物皆無分野！
只有「我」。

✛

在無法拔得頭籌的領域，我寧可什麼都不是，寧可
不在場。
在不能獨占鰲頭的地點，我寧可冷眼旁觀他人行動。
在無法統治的地方，我甚至拒絕服從。

我滿腔熱血渴盼著萬物，熱切到我從不
錯過，
因為我不嘗試，所以不會錯過。
「不全則無」與我有特殊的連結。
但我不能代表全人類，因為我是獨立個體。
我不能成為所有男人，我只有自己，獨一無二的我。
我不可能所有事物都拔得頭籌，因為第一根本不存在。
而我寧可當什麼都不是的存在，而不是
無物。

最後一班車何時發車，華特？
我想要離開這名叫地球的城市，
我想永遠搬離名為「我」的國家，
就像破產後選擇離開這個世界的男人，
就像一個向內陸居民兜售船舶的旅行
推銷員。
前往損壞發電機的垃圾山！
我的完整存在是什麼？龐然無用的企盼，
追求不可能實現的空泛目標，
實踐永恆運動的狂人機械，
證實圓即是方的荒唐理論，
想要泳渡大西洋卻來不及跳進大海

光憑觀察衡量，已知
失敗收場的意圖，
一場冰雹般的碎石雨砸上月亮，
對上帝和生命的兩條平行線交會的荒謬
渴望。

我的神經妄自尊大，
我的僵硬身體對電力渴望，
因為肉體本質不是至高無上的軸線而憤怒，
抽象熱血的感官媒介，
世界的動力深淵！

讓我們把存在拋諸腦後。
讓我們頭也不回離開這名為人生的小鎮，
上帝的郊區世界，
讓我們一頭栽進城市來場冒險，
不要停歇，瘋狂前進⋯⋯
讓我們永不回頭地走。

駛向你的最後一班車何時發車，華特？
鄉愁如此渴切的我算什麼
上帝？
也許離開時我會回來。也許結束時我會
抵達——
誰曉得？無時不刻都是正確時刻。我們離去吧，
快來吧！道路正等待著我們。離開等於
已不存在。

讓我們前往萬物凝止不動的地方吧。
噢，前往不再有道路的道路！

沒有終點的終點站！

✝

我在詩裡歌頌火車，歌頌汽車，歌頌汽船，
但無論我的詩如何歌頌讚揚，都只有韻律
及構想，
並無真實的鋼鐵、車輪、木頭繩索，
它缺乏道路最無關緊要的真實石頭，
人們踐踏著可以凝視拾起踏過，
卻不曾低頭去瞧的石頭。
我的詩則是人們可能理解或不會理解
的概念。

我想要真實的鐵，不只是歌頌鐵。
我的思想只能訴說關於鋼的概念，而不是鋼。
令我內心情緒忿忿不平的是
我不能將那仿效水的漣漪韻律
換成我手掌心掬起的真實冷水，
不能變成我一腳踏進便濕漉漉，
讓我的西裝淌水，
倘若我真有此意，讓自己溺斃的
實際河水聲響，
而不具文學性，神聖真實的大自然
就在那裡。
可惡！無能為力令我感到千千萬萬個可惡。
可是華特（你聽得見我呼喚嗎？），何為萬物，
萬物，萬物？

只恨我們運氣差，我們不是上帝

好以肉體寫下宇宙和現實世界的
詩歌，
而我們的構想即是萬物，思想無限！
而我的思想能夠擁有真正的星球，
我每個情感地球的角落都寫上數字名稱。

✝

真正的現代詩是沒有詩的人生，
是火車本身，而不是歌頌火車的詩詞，
是欄杆的鐵，炙熱的欄杆，車輪的鐵，
實際的旋轉。
不是我空談卻不具欄杆車輪的
詩。

✝

孩子的發條或拉繩火車玩具
都比我們的詩有動力……
我們的詩沒有車輪，
我們的詩哪都去不了，
我們無人閱讀的詩從未離開過書頁。
（我受夠了人生，受夠了藝術，
受夠了什麼東西都不擁有，無論是害怕擁有或無法擁有——
我的呼吸猶如一場戲弄我的惡作劇，
我的自我形象猶如一隻可笑的嘉年華玩偶。
最後一班車何時發車？）

我知道我不是以歌頌你來歌頌你，
但又如何？

我知道這是在歌頌萬物，但歌頌
萬物就等於歌頌你。
我知道這是歌頌我，但歌頌我也
等於歌頌你。
我知道縱使我說歌頌不了，都是對你的一種歌頌，華特……

✚

為了歌頌你，
為了致敬你，
我得寫下至高無上的詩
超越其他至高無上的詩，以綜合的
全面性（徹底詳盡分析），擁戴
事物、活生生的存在、靈魂的全宇宙，
男人、女人、小孩的全宇宙，
動作、姿態、感受、思維的全宇宙，
人類製品的全宇宙
以及人類體驗的事物──
職業、法律、規範、醫學、命運，
諸多描述，持續在事件的動態紙張
交叉錯落，
在社交聚會的莎草紙上疾寫，
在那情感不斷更新的羊皮紙重複書寫。

✚

我為了向你致敬，
為了以你應得的方式向你致敬，
得將我的詩化作一匹駿馬，
把我的詩詞化作一列火車，

把我的詩詞化作一支箭，
把我的詩詞化作純粹的速度，
把我的詩詞化作世界的事物。

你歌頌萬物，萬物因你而歌唱——
猶如娼妓般華麗接納
你的感官，雙腿大開
迎接全宇宙的輪廓與細節。

✛

匆匆什麼，所為何事，何去何從？
匆匆邁向哪個結局？
匆匆前往哪裡，捏造的駿馬？
匆匆要去哪裡，想像中的火車？
匆匆要去哪兒，噢，腳步匆促的箭，
這些不過是我渴望你而形影消瘦，
只是最後一根感受到你不在的神經？

匆匆去哪兒，倘若沒有地點或方法？
匆匆去哪兒，若我一直在這裡，永遠
不前進，
永遠不前進，也永遠不落後
而是永遠無可挽救地待在我體內，
我靈魂的思考核心過於人性，
總是神聖人格同樣不可分割的原子？

匆匆去哪兒，噢，無法達成所欲目標的哀傷？
匆匆去哪兒，所為何事？匆匆什麼，或不去做
什麼？

匆匆忙忙匆匆，但噢，我的不定，你趕著去哪兒？
若是我能不再寫有關鐵的詩的詩的詩
並瞧見、擁有、成為鐵，把那化為我的
詩，
詩—鐵—詩，心理—生理—我循環著！

（最後一班車何時發車？）

✝

我們的活力宣告破產！
我們寫詩，歌頌著我們無法成為的事物：我們的
破產人生。
要是有一種方法，能活出所有生命和年代
所有形式的形式
所有姿態的姿態，該有多好！
寫詩僅是一種人生不夠用的告解，還有
什麼？
藝術只是忘卻人生不過爾爾的方法？
再會了，華特，再會！
再會了，到末日那端的無限再會。
要是你能留在你的位置等待，等等我。
最後一班車何時發車？
我們何時離開？

✝

匆匆？匆匆什麼，所為何事？
我可以從匆匆，或任何使我
想到匆匆的事物中獲得什麼？

頹廢，老傢伙，這就是我們……
人人內心深處都有個烈燄吞噬的拜占庭，
儘管我感覺不到火焰，感覺不到
拜占庭，
帝國仍在我們的稀薄血管中衰敗，
詩歌只不過說明了我們的無能為力……
你，歌頌著活力四射的行業，你是強壯和極端
的吟唱詩人，
你，由男性繆思主宰的肌肉靈感來源，
你，終歸是歇斯底里狀態的無罪之人，
終歸只是「輕輕撫觸生命的人」，
不懂改變的懶人，精神上至少是娘娘腔。
那是你的事，跟別人無關，但這一切中
生命在哪兒？

我，職業工程師，厭倦了所有人事物，
我，絕對不必要的存在，與萬物抗衡，
我，無用武之地，疲倦不堪，零生產力，惺惺作態是非不分，
我被狂風暴雨吹散的感受浮標，
就停泊在與我船隻分散的深淵，
我——你相信嗎？——是生命和力量的歌頌者，
我，如我詩中的你健康強壯，
甚至誠摯如你，在我腦海中，與歐洲上下一起
燃燒，
在我毫無掩護的爆炸性腦袋中，
在我生氣勃勃的主宰智慧裡，
在我的商標、放映機、銀行支票、橡皮圖章的
感官滿足裡。
我們究竟為何而活，為何寫詩？

是讓我們成了詩人的該死懶散，
愚弄並讓我們自認為是藝術家的墮落，
嘗試讓我們冒充成活力和現代化模樣
的原始單調，
而我們其實只想討好自我，享受人生
的概念，
既然我們什麼也不做，什麼也不是，生命
無精打采流過我們血管。

至少讓我們看見事物的本質，華特……
讓我們猶如吞下苦澀藥丸嚥下所有
答應把生命和世界送往地獄
因為我們厭倦看著它，而不是厭惡
或鄙視它。

這就是向你致敬的方法嗎？
無論如何，都是向你致敬。
無論代價，都是愛你。
無論結果，都同意你。
無論如何都不改變。而你懂，也喜歡。
老傢伙，趴在我肩膀流淚的你同意我……
（最後一班車何時發車？
跟上帝度過一個漫長假期……
讓我們毫無畏懼地前進，走吧……）
這一切肯定還有其他意義
超越生存和我們所擁有的意義……
肯定有個意識的落點
那裡風光多變
挑起我們的興趣，協助我們，撩撥我們，
沁涼微風在我們靈魂裡騷動

在我們乍然覺醒的感官，陽光明媚的田野
敞開……
我們將在車站相會，無論車站在哪……
華特，在入口處等我；我會抵達……
我不會帶著宇宙、生命、自我，空空如也
抵達……
獨處時，我們會在寂靜及我們的哀愁之中
想起，
世界的莫大荒謬，萬物苦澀的
匱乏，
我會感覺到偉大奧祕，在遼遠中感受它，
是如此遼遠，
是如此抽象又絕對遙遠，
無限遙遠。

✚

我頓住，我聆聽，我認出自己！
空氣之中我的聲音毫無生氣地落下。
我一如往昔，你卻已不在人間，萬物凝止
不動……
向你致敬就是在為我注入生命力，
於是儘管喪失致敬任何人的活力
我還是要向你致敬！

噢，無法痊癒的心！誰能從你手中拯救我？

[1915]

沿著碼頭，迫在眉睫的喧囂抵達。
人們開始聚集等待。
來自非洲的汽船慢慢映入眼簾。
我來這裡不是為了等誰，
而是觀看他人等待，
成為其他等待的人，
成為焦慮等待別人的人。

身兼多職令我心力交瘁。
姍姍來遲的人總算抵達，
我瞬間厭倦了等待，厭倦了存在，厭倦了活著。
我驀然離去，守門人注意到我，匆匆拋給我
一記嚴厲目光。
我彷彿重返自由般回到城市。

能夠感受真好，就算不為其他原因，也為不再感受。

再訪里斯本（1923 年）

不，我什麼都不想要。
我說了我什麼都不想要。

莫對我妄下定論！
死亡才是唯一定論。

別給我來美學那套！
別跟我說道德那套！
帶走這裡的形上學！
少販賣我完整制度，別拿
突破煩我
科學突破（科學，我的天，科學！）──
科學突破，藝術突破，現代文明突破！

我對諸神做過什麼孽嗎？

如若你有真相，還請好好收下！

我是一名技師，但我的技術只限於技術
層面，
除此之外我很瘋癲，且我有瘋癲的權利。
我有各種瘋癲的權利，你聽見了沒？

求你看在上帝的份上，別來煩我！

你要我成家立業、庸庸碌碌、保守老套、繳納稅金？
你要我是這一切的相反，跟任何事物
相反？
若我真想當別人，我會遵照你的旨意。
可是我只想當我自己，所以還不快滾！

休想拉著我下地獄，
否則就讓我自己去！
我們為何非得同歸於盡？

別攫住我的手臂！
我的手臂不喜歡被攫住。我想單獨一人。
我已告訴你我只能獨自一人！
我已受夠你要我當個合群的人！

噢，藍天——跟我童年如出一轍的天空——
完美而空泛的恆久真理！
噢，溫柔寧靜又古老的太加斯河，
反映天空的狹小真理！
噢，重訪的憂傷，今日已成往事的里斯本！
你什麼都沒給我，沒奪取我什麼，你完全
不是我所感受到的我。

讓我靜一靜！我不會久留，只因我從不
久留……
只要沉默和深淵遲遲不來，我便想獨自
一人！

[1923]

再訪里斯本（1926 年）　───────────

什麼都阻攔不了我。
我想要同時擁有五十件東西。
我依照渴求肉類的焦慮渴望
卻不知道我渴望什麼──
絕對是某種不絕對……
我斷斷續續睡著，一個睡得斷斷續續的人
活在那斷斷續續的夢境裡，半夢半醒。

所有抽象和必要之門往我臉上一甩。
我能從街上看見的假設，都被窗簾
拉起覆蓋。
我找到小巷，卻找不到我取得的街牌
號碼。

我從我入眠的那場人生醒來。
就連我夢見的軍隊都已擊潰。
就連在夢裡都感到我的夢境虛幻不實。
就連我單純盼望的人生都使我厭倦──就連那個人生也是……

我在斷斷續續的間歇中理解；
我在暫時跳脫疲倦之中書寫；
索然無味的無趣將我拋上了岸。

我不曉得什麼樣的未來命運屬於我那在
海浪上漂浮的焦慮；
我不曉得哪個不可思議的南海島嶼在等待
我這無家可歸的人，
抑或哪片文學的棕櫚樹林願意送我至少
一句詩詞。

不，我不知道這，不知道那，什麼都不知道……
在我精神深處，我夢見所有我夢見的
事物，
我靈魂裡的偏遠田野上，我莫名記得
（而往日是虛假淚水的天然迷霧），
遙遠森林的道路和小徑上
我猜想我應該住在那裡——
那裡有我夢中沒人攻擊就已潰散的軍隊，
而我不存在的部隊，在上帝那全數殲滅，
全軍作鳥獸散，最末幻覺的
最後殘兵。

我再一次見到你，
我令人震驚遺落的童年城市……
又喜又悲的城市，我再度在此作夢……
我？曾經住在這裡現在又回來的我，
再次回來，一再回來，
而我是否又度回來？
抑或我們——所有曾經存在，所有的「我」——
猶如一串珠子的存在，由一條回憶絲線
串了起來，
一串由某個我身體之外的人所夢見關於我
的夢境？

我再一次見到你，
帶著更遙不可及的心，更不像我的靈魂。

我再一次見到你——里斯本，太加斯河和近郊——
你以及我那毫無作用的旁觀者，
一個人在此處卻恍如身在他方的異邦人，

像偶然出現在我靈魂般偶然出現在生命，
一個在回憶走廊裡穿梭的流浪鬼魂
朝老鼠和木地板的叫聲響聲而去
在這受到詛咒不得不待下的城堡裡……

我再一次見到了你，
一個在影子中游移的影子，在那淒涼未知
的光線中瞬息散發微光
接著消逝遁入黑夜，猶如一艘船的航跡
被海水吞噬，它的聲音在沉默裡淡去……

我再一次見到了你，
可是，噢，我看不見自己！
總是照出一成不變的我的魔法鏡已經
粉碎，
在每塊命運般的碎片中，我只看見一小塊自己——
一小塊的我和你！

1926.4.2

倘若你想自殺，為何不想
自殺？
現在是大好機會！對生與死同樣熱愛的我，
也但願能自殺。假若我有這個勇氣……
如果你有勇氣，放膽去做吧！
我們稱為世界的表象影像動畫對你有何
好處？
連續播放數個鐘頭的這部電影
演員角色平庸，動作老套，
我們永無止境、永不停歇的彩色馬戲團有什麼好？
連你自己都不清楚的內在世界又有哪裡好？
自殺吧，也許你終會獲得解答……
結束一切吧，也許你能重新開始……
如果你倦怠了活著，至少
倦怠得高尚，
千萬別像我，借酒歌頌生命，
千萬別像我，以文學向死亡致敬。

有人需要你？噢，名叫人的無用影子！
沒人需要誰；沒人需要你……
沒有你，縱使沒有你，一切仍繼續下去。
對他人而言，或許你活著比你自殺還
來得可惡……
也許你存在比你不存在更添
麻煩……

其他人會傷心？你擔心
他們會為你哭泣？
切莫擔心：哭不了多久……
活著的衝動會逐漸止住淚水

而淚水其實不是為我們而流，
淚水是為了發生在他人身上的事而流，
尤其是死，
畢竟一旦某人死去，什麼都不再發生……

首先是焦慮，神祕降臨的驚喜
你口中的生命瞬間消逝的驚喜……
再來是你清晰真實的棺木帶來的恐懼，
一身烏黑、以此為業的男人在場。
出席的親人，或痛心疾首，或談笑風生，
在晚間最新頭條新聞之間哀悼，
在你的死與犯罪事件之間交替哀傷……
你不過是那場悼念的附帶起因，
實際死去，比你想像死得透徹
的你……
在這裡你死得比想像更透徹，
到了另一個世界反而像活著……

接下來是邁向地窖或墳墓的黑色喪禮列隊，
最後有關你的記憶逐漸淡去。
起先人人都感到鬆了一口氣
你那略微惱人的死亡悲劇總算結束……
隨著一天天過去，對話開始輕鬆
生活又回歸原本的節奏……

世人逐漸遺忘你。
一年只想起你兩次：
一次是你的生日，一次是你的忌日。
就這樣，僅此而止。這就是全部。
他們一年只會想起你兩次。

愛你的人一年會嘆息兩次，
他人偶爾提及你的名字時也可能
嘆息。

看著你自己的臉孔，誠實面對我們
的本質……
倘若你想自殺，動手吧……
忘了良心不安或腦中的恐懼！
哪門子的顧忌或恐懼會影響生命運作？
哪門子的化學顧忌能主宰驅動生命流動，
血液循環，還有愛的衝動？
他人的哪些記憶會存在生命歡樂的韻律？

啊，名為人類的無益血漿與肉體，
你看不出你根本無足輕重？

你對自己重要，是因為你只為自己感受。
你是自己的所有，因為對你而言你就是
全宇宙，
真實的宇宙和他人
單純是你客觀主觀中的衛星。
你對自己重要，因為你就是你之所以重要的
主因。
若這對你是事實，噢，那怪了，難道對他人
不是事實？

你跟哈姆雷特一樣懼怕未知？
但未知為何物？你是真知道
才敢稱之為「未知」？

你跟法斯塔夫 * 一樣熱愛生命的油脂？
若你熱愛生命的物質，不妨化為大地和萬物的
一體，你的熱愛甚至更具物質性！
播灑自我吧，噢，夜間意識細胞的
物理化學系統，
灑在那無意識身體的夜間
意識上，
灑在籠罩不了什麼的偌大表象毛毯上，
灑在存在擴散的青草與野草上，
灑在事物的原子迷霧上，
灑在世界這動態窟窿的
迴轉牆壁上……

1926.4.26

---

* Falstaff，莎士比亞筆下的胖騎士，首度出現於《亨利四世》，為該劇提供笑
料，由於角色討喜，後來更在其他作品中晉升主角，看透人生本質的他，懂得
頂著肥胖的肚皮自我解嘲。

迢遙的燈塔
光線在瞬息閃耀，
黑夜和缺席迅速歸返，
在這一夜，這個甲板——它們煽動悲痛！
我們為自己拋下的人付出最後的哀嘆，
思想的虛假……

迢遙的燈塔……
生命的不定……
快速膨脹的光已歸來，在我迷失目光
漫無目的之中閃著光。

迢遙的燈塔……
生命本無作用。
思索著生命並無作用。
思索著生命的思索並無作用。

我們即將遠去，耀眼的光慢慢不再
閃亮。
迢遙的燈塔……

1926.4.30

雪佛蘭汽車輪胎在前往辛特拉*的路上碾動，
月色和夢裡，空無一人的道路，
我獨自駕車，幾乎不疾不徐，幾乎狀似
抑或我讓自己以為這情況狀似，
我要駛向另一條路，另一場夢，另一個
世界，
我要不管里斯本在後方、辛特拉在前方
前進，
我前進，可是除了不停前進，還有
什麼？

我會在辛特拉過夜，只因我不在里斯本過夜，
可是到達辛特拉，我又會後悔沒留在里斯本。
總是如此這般不理性又無關徒勞的煩躁，
總是如此，總是，總是
如此這般莫名而誇大的心理焦慮，
就在前往辛特拉的路上，做夢的路上，人生
的路上……

車輪回應了我的潛意識活動，
租來的汽車在我身體下方跟著彈跳。
思考著象徵意義並右轉，我露出笑意。
在世界前進時，我用過多少借來
的物品！
我駕駛過多少借來的物品，彷彿
它們屬於我！
哎呀，我借來的物品構成了多少自我！
道路左側有間小木屋——沒錯，是小木屋。

* Sintra，位於里斯本大區的一個市鎮。

右側是遼闊開放的鄉間，月亮則懸掛在
遠方。
狀似甫賦予我自由的汽車
如今團團包圍著我，
我要被包圍在車內才能駕駛，
我要成為它的一部分，它要成為我的一部分，才能由我掌控。

我身後左側是那間貌不驚人——比貌不驚人更樸實——
的小木屋……
小木屋生活肯定愜意快活，只因那不是我的人生。
倘若有人正好從小木屋窗戶瞥見我，絕對會心想：
那個人很快樂。
也許對那個從頂樓窗子探出頭的孩子看來
（坐在租來汽車的）我看起來猶如一場美夢，是美夢成真的
神奇存在。
也許對那個一聽見馬達聲就望出一樓
廚房窗戶
的女孩來說，
我就像每個女孩心目中的白馬王子，
而她會持續望出窗子，直到我轉彎
消失在她的視線。
我離開後會留下美夢嗎，抑或汽車留下
了美夢？
是租車駕駛了我呢，抑或我駕駛了這輛
租車？

月光下前往辛特拉的悲涼路上，眼前
僅有田野和黑夜，
駕駛著租來的雪佛蘭，內心孤獨無依，
我在前方道路失去自我，在駛過的路上

消失無蹤，
瞬間一個瘋癲狂暴難以解釋的衝動下
我急踩油門⋯⋯
但我的心思仍回到小木屋門前，我努力迴避
雖然看見卻壓根沒看見
的那堆石頭上，
我空蕩蕩的心，
我不滿足的心，
我那比我更具人性，比生命更精準的心。

駛向辛特拉的路上，夜半時分，月光下，
輪胎上，
駛向辛特拉的路上，光想像就心力交瘁，
駛向辛特拉的路上，甚至更加貼近辛特拉，
駛向辛特拉的路上，我甚至距離自己更遙遠⋯⋯

1928.5.5

雲

在這悲傷的一天，我的心比這天悲傷……
道德和公民義務？
職責因果的密實之網？
不，萬物皆空……
悲傷的一天，對於萬物的無感……
萬物皆空……

其他人遠行（我亦遠行），其他人正曬著太陽
（我也曾經曬過太陽，抑或我曾經想像），
其他人擁有目標，抑或生活，抑或平行對等的無知、
虛榮、幸福、交際應酬，
為了有天回來，抑或不會回來，搭著
只運送他們的船移居。
他們感覺不到死神在每個出發點蟄伏，
神祕在每個抵達的後方守候，
恐懼在每個嶄新的縫隙等待……
因為無感：於是他們是長官和
金融家，
跳舞享樂，擔任辦公室職員，
欣賞表演，認識新朋友……
他們無感——為何需要感受？

就讓諸神馬廄裡衣冠楚楚的牲畜
歡快地去吧，以獻祭的花環裝扮，
讓太陽將他們曬得溫暖，雀躍活潑，滿足感受
牠們的感受……
就讓牠們去吧，哎呀，我跟著牠們前往目的地，
卻未戴上花環！
我感受不到太陽暖意、不具備我擁有的生命
跟著牠們前進，

我絲毫不無知地跟著他們前進⋯⋯

在這悲傷的一天，我的心比這天悲傷⋯⋯
天天都是悲傷的一天⋯⋯
今天就是悲傷的一天⋯⋯

1928.5.13

英文歌 ————————————

我隨著太陽和星星碎裂。我放開世界。
我揹著我知識的行囊進入深遠地帶。
我踏上旅途,買下無用之物,發現無限,
我的心一如往昔:是一片穹蒼,一片荒漠。
我的身分,我的欲望,我的發現
全部一敗塗地。
我沒有殘餘的靈魂可讓光喚醒我,或讓黑暗窒息我。
除了噁心暈眩,我什麼都不是,除了幻想什麼都不是,除了
渴求什麼都不是。
我是迢迢他方之物,而我持續前進
只因我感覺舒適,極度真實,
像是一塊黏在世界輪子的痰。

1928.12.1

諷刺短文

所有巴比倫的勞合‧喬治 *
已遭歷史全然遺忘。
埃及或亞述的白里安 **，
古希臘或羅馬殖民地這裡那裡
的托洛斯基 ***
儘管刻上石碑，都是逝去的名。

唯有寫詩的蠢蛋
抑或發明哲學的瘋子
或古怪幾何學家
能撐過餘留在黑暗中
就連歷史都懶得記載
廣大的無足輕重。

噢，你們這些當代偉人！
噢，與沒沒無聞沾不上邊的人
發光發熱的偉大輝煌！
享受你所擁有，不作他想！
珍惜你的名氣與美食，
因為明日屬於今日的蠢材！

[1928 年末？]

---

* Lloyd George，英國首相，自由黨政治家。
** Aristide Briand，法國政治家。曾任法國社會黨總書記，推動世界和平而獲得諾貝爾和平獎。
*** Leon Trotsky，俄羅斯社會民主工黨的領導人，建立蘇聯紅軍，曾出任總司令。

機遇

全憑機緣的街上，金髮女孩機緣巧合經過。
但不是這一個，是另一個。

另一個女孩在另一座城市的另一條街，而我
就是那另一個。

我驟然轉移視線範圍，
回到了另一座城的另一條街，
而另一個女孩正巧經過。

擁有過目不忘的記憶真是一大優勢！
如今我悔恨我再也沒見另一個女孩，
我悔恨著不曾認真望著這一個女孩。

擁有顛倒反轉的靈魂真是一大優勢！
至少可以寫寫詩詞。
創作詩詞，一首認定為狂人，以及
天才
要是運氣好，即使運氣不好——
還可能有成名的奇蹟！

我是說至少我寫下了詩詞……
這是關於一個女孩，
一個金髮女孩的詩，
但究竟是哪一個？
很久以前，我在另一座城見過一個，
在另一條算是街道的地方，
還有我很久以前，在另一座城見過的一個，
在另一條算是街頭的地方。
既然所有記憶都是同樣記憶，

曾經的萬物都是同樣的死亡，
昨日，今日，也許甚至明日。

一個路人偶然好奇地打量我。
因為我正打著手勢蹙眉作詩？
也許吧……金髮的女孩？
畢竟還是同一個女孩……
而萬物並無不同……

唯獨我在某些意義上不同，而這也
相同。

1929.3.27

便箋

我的靈魂猶如一隻空花瓶粉碎。
無可救藥地墜下樓梯。
從粗心女僕的手中墜落。
墜落，碎裂成超越花瓶瓷器的
碎片。

胡說？不可能？我可不那麼確定！
我的感受比還是自己時來得濃烈。
我是需要搖晃、躺在門墊上的一地碎片。

我的墜落發出猶如碎裂花瓶的聲響。
世上所有神祇都倚在樓梯欄杆邊緣
凝視著他們的女僕將我化作碎片。

他們沒有對她勃然大怒。
他們寬宏大量。
而除了空花瓶，我還能是什麼？

他們注視著具有意識的荒唐碎片──
具有自我意識，而不是神祇意識。

他們微笑凝望。
對不知情的女僕露出寬容笑容。

巨大樓梯蜿蜒，鋪蓋著星辰。
天堂的星體之間，一塊碎片發光，閃亮的一面朝上。
我的作品？我的主要靈魂？我的人生？
不過是一塊碎片。
諸神凝望著它，不由好奇，不明白它為何
會在那兒。

[1929？]

差一點

整頓我的人生，將意志和行動擱置於
架上……
這就是我想做的事，一直都是，結局
相同。
但實踐的意圖清晰有何好處——空有
清晰堅定的意圖！

我打算為最終打包行李，
我打算整頓阿爾瓦羅・德・坎普斯，
抵達與前天同一刻的明天——
身為永恆的前天……

我對未來的自我模樣不抱期盼地露出微笑。
至少我微笑：微笑很重要。

我們都是浪漫主義的產物，
若我們不是浪漫主義的產物，可能
什麼都不是。

文學就是這麼誕生……
而生命（抱歉，上帝！）也是這麼誕生。

其他人也是浪漫主義者，
其他人也是一事無成，非富即
貧，
其他人亦是畢生瞅著尚需打包
的行李，
其他人也在紙堆邊沉沉睡去，
其他人也是我。

兜售著產品的小販如一首無意識的讚美詩，
是政治經濟的精細發條齒輪，
是帝國天崩地裂，殉難者現在或未來的
母親，
你的聲音傳至我耳中，猶如通往無處的召喚，
猶如生命的無言……

我從紙張抬起眼，思考著還是別整理
的好
瞥向那扇我看不見的窗——只聽見——那
小販，
而我仍未消散的微笑，最後猶如形上學在我大腦
消失。

我坐在凌亂不堪的書桌前，背棄所有神祇，
小販的吆喝教我分心，於是我凝望著所有
命運的臉孔
我的疲倦是一艘在荒蕪沙灘腐敗的陳舊小船，
來自其他詩人的畫面浮現時，我闔起寫字桌，
關上這首詩。

猶如一名神祇，我不整理真理或人生。

1929.5.15

我得了重感冒，
人人皆知全宇宙失衡
都是感冒的錯。
害我們與生命作對
就連形而上都讓我們打噴嚏。
我浪費一整天光陰擤鼻涕。
頭痛欲裂。
對一個小詩人而言淒慘萬分！
今日的我果真是一介小詩人。
我的過往只是一個願望：它應聲斷裂。

永世再會了，精靈女王！
你擁有陽光羽翼，我卻在這兒步履維艱。
除非躺在床上否則好不了。
除非躺在宇宙裡，我無法好轉。
Excusez du peu*……真是可怕至極的感冒！
我需要真理和少許阿斯匹靈。

1931.3.14

---

* 法語的「不好意思」。

沒錯，是我，我變成的自我，
是我自己的某種飾品或備用零件，
我真實情緒參差嶙峋的郊區──
我就是自己體內的人，就是我。

無論我是什麼，不是什麼──都在我的之中。
無論我想要什麼，不想要什麼──這一切都
形塑了我。
無論我愛什麼，不再愛什麼──內心的鄉愁
始終如一。

我也有印象──稍微反覆不一的印象，
像是一場從雜亂現實衍生的夢境──
我不慎將自己忘在一輛街車的座椅上，
被下一個準備往隔壁坐下的人發現。

我也有印象──略顯朦朧不清的印象，
彷彿在黎明微光中醒來時試圖想起的
一場夢境──
我體內總有比我自己更好的事物。

沒錯，我也有印象──些許疼痛的印象，
我有天自無夢狀態醒來，面對冤親債主──
全都被我搞砸，像是被一塊門墊給絆倒，
全都被我混淆，像是一卡少了盥洗用品
的皮箱，
在人生某個階段，我以某樣東西取代了
自己。

夠了！正是印象──玄妙又虛無飄渺的印象，

彷若從準備遺棄的房屋窗戶瞥見的
最後太陽——
當個孩子最好，不要試圖揣摩
這世界。
這是擁有奶油麵包和玩具的印象，
開闊平靜的印象，卻無泊瑟芬＊的花園
對生命熱情的印象，它的面孔緊緊壓在
窗前，
凝視屋外的雨水嘩啦啦落下
而不是成年人喉頭打結時落下的眼淚。

夠了，該死，夠了！是我，被交換的人，
我是沒有證書或資格的特使，
不笑的丑角，穿著他人過大西裝的
弄臣，
他帽子上的鈴鐺叮噹作響
像是壓在頭頂、象徵奴役的牛鈴。

是我，我自己，旋律單調的謎語
沒人能在晚餐過後的農村起居室
釐清。

是我，只是我，對此我無能為力！

1931.8.6

* Proserpine，宙斯之女，以甜美歌聲呼喚春天與生命。黑帝斯愛上她，擄她
前往地府，成為冥后，之後每逢春天她都獲准重返人間。

牛津郡

我想要好，我想要壞，最後我終將什麼都
不想要。
我在床上輾轉難眠，右側不適，左側
也不適，
我存在的意識亦不適。
我的宇宙不適，我的形上學
不適，
更可怕的卻是我的頭痛。
這比宇宙的意義更嚴重。

有回，我漫步在牛津近郊，
瞥向前方，發現道路彎道後方，
教堂尖塔聳立在小村莊或村落
屋舍上方。
這幅煞有其事的生動畫面殘留
在我腦海
宛若一條玷污褲子摺縫的橫皺摺。
今日這畫面隱約具有意義……
在路上，我連接尖塔和靈性的意義，
不分年齡的信仰，實際的慈愛。
當我抵達村莊，尖塔只是一座尖塔
而它，就佇立在我眼前。

你可以在澳洲過得幸福，前提是你不去那裡。

1931.6.4

啊，一首十四行詩……

我的心臟是一個瘋癲的海軍上將
他放棄海上人生
並一點一滴憶起
在家裡，踱步來，踱步去……

伴隨這個動作（光是這念頭
就讓我在椅子上不安蠕動）
他曾經航行的大海仍在他那
死氣沉沉的倦怠肌肉裡驚濤駭浪。

懷舊在他的大腿和胳臂。
懷舊從他的大腦湧出。
他的厭倦化為語無倫次。

但看在上帝的份上，心若是
我的主旋律，這首詩探討的為何
是一位海軍上將，而非感受？

1931.10.12

我的心，是遭受矇騙的海軍上將
率領一支從未組成的船隊，
跟隨命運不願承認的路線，
尋覓一種不可能的幸福。

荒唐，累贅，總是束之高閣，
沉溺於僅有節制的人生，
他從不付出自我，不付出自我，不付出自我，
那首叨叨不休的詩詞如此解釋。

然而歷史具有優勢
活在陰影之中；潰敗的沉默
擁有勝利所不知的內在玫瑰。

於是海軍上將的帝國船隊，
滿載著光榮的企望和美夢，
沒有退路地循著它的路徑前進。

[1931 ？]

輕聲細語，這是人生，
人生和我的人生意識，
由於黑夜蔓延，我累了，輾轉難眠。
要是我走到窗前
在野獸眼皮下，看見了諸多星星的
居所……
我讓白天筋疲力竭，期盼著夜裡沉穩入睡。
如今已入夜，幾近翌日。我疲累卻睡不著。
睏倦之中，我感覺我即是全人類。
那是一種幾乎把骨骼變成肉身的疲倦……
我們享有同樣命運……
插翅難飛的蒼蠅，我們蹣跚踉蹌
穿越世界，這張橫跨裂隙的蜘蛛網。

1931.10.21

我在黑夜和寂靜之中甦醒。
瞥見——滴答滴答——再四個鐘頭才天亮。
失眠的絕望之中，我推開窗。
我看見正對面有人，
另一扇燈火通明的窗構成交叉方形！
黑夜裡的朋友！

黑夜裡迫不得已卻同病相憐的密友！
我倆都清醒著，人們卻不知情。
人類沉睡。我們有燈。

你是誰？一個病人、騙子，抑或只是跟我一樣
輾轉無眠的人？
無所謂。無形無垠的永夜
它的所在中，只有我們兩扇窗的人，
兩盞燈的寧靜之心。
此地此刻，我們是彼此的陌生人，活力充沛。
我在公寓後房的窗上，
感受黑夜停滯在木頭窗櫺的濕氣，
我朝無垠探出身子，朝自己更近。

密不通風的靜謐連公雞都無法劃破！
你在做什麼，明窗背後的同袍？
而我，無眠的我是否正夢著人生？
你的祕窗閃動著飽滿的橙黃光暈……
有意思：你根本沒有電燈。
噢，我逝去童年的煤油燈！

1931.11.25

聖母瑪利亞頌歌 ───────────────

這場內心的夜──宇宙──何時終結
而我──我的靈魂──擁有我的白晝？
我何時會從清醒中醒來？
沒有答案。太陽高掛光芒閃耀
教人無法直視。
星辰冷冷眨眼
繁複無以計數。
心臟冷漠跳動
心跳無人聽見。
這場沒有劇場的戲劇
──抑或沒有戲劇的劇場──何時結束
讓我可以回家？
何地？何時？要怎麼做？
噢，貓用生命之眼凝望著我，誰在你的深處
蟄伏？
是祂！是他！
他彷若約和華，命令太陽止步，而我會醒，
白晝將至。
微笑吧，我的靈魂，在睡夢中微笑！
微笑吧，我的靈魂：白晝將至！

1933.11.7

原罪

誰能寫下他本來應有的故事？
如若有人寫下，那故事
就是人類的真實故事。

真實世界裡存在什麼——不是我們，而是世界。
事實上，我們是不存在的事物。

我是自我的失敗品。
我們都是本來應該的自我。
我們的現實是我們從未獲得的事物。

我們曾經擁有的真相怎麼了——童年窗邊
的那場夢？
我們的必然發生什麼事——書桌上的未來
藍圖？

晚餐過後我斜倚在椅子上，我的頭
墊在交疊雙臂上，兩手歇在
陽台窗戶的高聳窗櫺上，陷入沉思。

我的現實出了什麼事，而我有的僅是生命？
我發生了什麼事，只是一個苟且存在的人？

我當過多少個凱薩大帝！

我的靈魂裡，帶有些許真相；
我的想像中，帶有少許正義；
我的智慧裡，有部分擔保——
我的天！我的天！我的天！——
我當過多少個凱薩大帝！

我當過多少個凱薩大帝！

我當過多少個凱薩大帝！

1933.12.7，筆於世界

里斯本和它的房屋，
五彩斑斕，
里斯本和它的房屋，
五彩斑斕，
里斯本和它的房屋，
五彩斑斕……
由於不同，所以單調，
由於感受，我除了思考
什麼都不做。

夜裡，我清醒躺著
在這無法入眠的無用清晰中，
試著想像某件事物
但總有其他東西現形（因為我
昏昏欲睡
而，昏昏欲睡的我，有些迷幻）。
我試著擴大我的想像力範圍
想像一大片美妙的棕櫚樹林，
可是我眼皮內側看見的
似乎只有
里斯本和它的房屋，
五彩斑斕。

我露出笑意，躺在此處別有意義。
由於單調，所以不同。
而，由於我是我，我陷入夢鄉並忘了
我存在。
由於我已入眠而遺忘自我，沒了我，
餘下的，
只有里斯本和它的房屋，
五彩斑斕。

1934.5.11

是什麼樣的幸福
存在於我和夢想對街的那棟建築！

裡面住著我不認識的人，見過
卻不認識的人。
他們很快樂，因為他們不是我。

高高陽台上嬉戲的孩子
無庸置疑，永遠活在
花盆裡。

屋中傳出人聲
無庸置疑，永世歌唱。
是的，他們必定歌唱。

只要這裡有盛宴，那裡就有盛宴，
一切順理成章達成
協議：
人與大自然在一起，因這座城即是自然。

不身為我的快樂是多麼巨大！

可是其他人不也有同感？
其他人？根本沒有人。
其他人的感受是窗扉緊閉的家，
當窗子敞開
是為了讓孩子在欄杆陽台上嬉耍，
在養著我不知品種的花盆四周。

其他人從不感受。

我們才是感受的人，
是的，我們所有人，
即便是現在，我感受全無。

感受全無？嗯……
感受全無的輕微疼痛……

1934.6.16

我下了火車
向和我巧遇的男人道別。
我們共處了十八個鐘頭
愉快地談天說地，
這位旅程的同伴，
我失落地下車，失落地離開
這個連名字都不知曉的過客友人。
淚水使我的雙眼濕潤……
每次離別都是一場死亡。
沒錯，每次離別都是一場死亡。
這場我們稱為人生的火車
我們只是彼此生命的過客，
下車時刻，我們不免失落。

牽動我的是人，因為我也是人。
牽動我的是人，不是我對人類觀點
或規條的感同身受
而是因為我和人性的友誼無垠。

不捨離去的女僕，
念念不忘地流著淚
只為這間她飽受虐待的房子……

充滿我內心的，全是死亡及世界的哀婉。
那些消亡皆存在於我心中。

而我的心稍微大於一整座宇宙。

1934.7.4

我多久沒寫
一首長詩！
數年飛逝……

我已喪失描寫韻律的能力
以身心靈合一
讓想法和形式
共同前進……

我失去了曾經賦予我某種
內在穩定的所有……
我還剩餘什麼？
太陽，沒有我呼喚它一樣在……
白晝，不需我付出點滴辛勞……
微風，抑或沒有微風，
令我意識到空氣存在……
以及什麼都不想要的國家利己主義。

可是，啊，我的〈凱旋頌〉，
以及它毫無起伏的發展！
啊，我的〈航海頌〉，
右到左行，左到右行，長短句交替的寫作格式！
而我的計畫，所有計畫，
都是我為萬物創作的偉大頌歌！
以及那最終、至高無上、不可能完成的頌歌！

1934.8.9

夜半幽謐開始降於
各種人生日積月累
組成這間公寓大樓的樓層。
四樓的鋼琴沉默不語。
三樓腳步聲不再。
底層的收音機默不作聲。

萬物即將沉沉睡去……

我和全宇宙獨處。
我甚至不想走去窗邊。
若我眺望窗外，會看見哪些星星！
高聳幽靜是多麼廣闊！
天空多麼不像大都市！

我反將自己隔離在我的欲望裡
為了不與世隔絕，
我焦躁聆聽街外聲響。
一輛汽車——砰！——喚醒了我……
交頭接耳的雙重腳步對我傾吐……
唐突甩上柵門的巨響令我心痛……

萬物即將沉沉睡去……

唯我獨醒，鄭重聆聽，
守候著
某事發生，在我睡前。
某事……

1934.8.9

我脫下面具，凝望鏡子。
我還是多年前那個孩子。
絲毫未變……

這就是懂得卸除面具的好處。
你仍然是那個孩子，
照舊存活的往昔，
那個孩子。

我卸下面具，重新戴上。
這樣比較好。
這樣一來我又是面具。

我像是回到街車終點站，回歸平常。

1934.8.11

我，我自己……
我，充滿世界帶來
的身心交瘁……
我啊……

萬物，最終，畢竟我就是萬物，
彷彿連星星都是，
掉出我口袋，扎得孩子眼花繚亂。
孩子什麼的我一無所知……
我啊……

不完美？高深莫測？神聖？
我不知道。
我啊……

我曾有過去？當然。
我可有現在？當然。
我會有未來？當然，
即便維持不了太久。
可是我，我……
我就是我，
依舊是我，
我啊……

1935.1.4

那裡，我不知是哪裡⋯⋯

旅行的前一天，鈴鈴鈴鈴鈴⋯⋯
我不需要刺耳的提醒！

我想要享受我名為靈魂的休息站
在我看見最終鋼鐵列車到站
朝我的方向駛來之前，
在我胃部喉嚨感受到實際發車前，
在我爬上車之前，雙腳卻
從未在發車時學會控制自我情緒。

現在，當我在今日的鐵路小站抽菸，
我感覺我依然享受片刻的往日人生。
遺忘最好，形同監牢的一段枉然人生？
它怎麼了？整座宇宙即是一座監牢，不管牢房多大
囚犯就是囚犯。
我的香菸味道就像一陣湧上的噁心。列車已經
離開另一站⋯⋯
再會了，再會了那些沒來送我一程的人，
再會了我抽象又不可思議的家人！
再會了今日！再會了今日的鐵路小站！
再會了，人生，再會了！

像是一卡掛著名牌標籤的行李箱，
遺忘在軌道另一側的待車區角落。
等著列車出站後被車站人員發現——
「這是什麼？是剛離站乘客的嗎？」
留下卻只想著離開，
留下而正確，
留下而消逝地不那麼快⋯⋯

我像是赴一場艱難考試前往將來。
若上帝憐憫我讓列車永不抵達呢？

我在本來只是暗喻的車站裡看見自己。
我的模樣完美體面。
他們說——看得出來，我待過國外。
我的行為舉止明顯曾受過良好教育。
我緊捉行李，否認惡行般反駁行李員，
行李箱和手不禁顫抖。

啟程吧！
我再也不會歸來，
我再也不會歸來，因為不會有回程。
人歸返的所在永遠不再相同，
人歸返的車站永遠會是不同。
人變了，光變了，哲學也
變了。

啟程吧！我的上帝，啟程吧！可我害怕啟程！⋯⋯

是的，萬事均安。

好得不得了。

除了一件事：萬事俱毀。

我知道我的建築漆上了灰色，

我知道這棟建築的門牌號碼，

雖然不知亦可查出它的房價

詢問那為此而生的國稅局。

我知道，我知道⋯⋯

而我也知道這棟建築有住戶，

我知道財政稅務局無法免除

隔壁鄰居兒子的死。

管你是什麼局亦無法避免

樓上太太的丈夫跟她妹妹

私奔。

可是當然，萬事均安⋯⋯

除了萬事俱毀這回事，萬事均安。

1935.3.5

我頭暈腦脹。
可能是睡得太多，想得太多
抑或兩者皆是。
我只知道我頭暈腦脹，
不確定是否該從椅子上站起來
或者又該怎麼從椅子上站起來。
頭暈腦脹──就先這樣吧。

我從生命中創造出
什麼樣的生命？
空無一物。
萬物在縫隙中發生，
萬物皆是近似值，
萬物是不正常和荒謬的函數，
萬物本質皆是空……
所以我才頭暈腦脹。

如今
每個早晨醒來時
我都頭暈腦脹……
是的，貨真價實的頭暈腦脹……
不確定自己的名字，
不確定我身在何方，
不確定我是什麼人，
不確定這一切。

但若事情如此，也只能如此。
於是我繼續坐在椅子上。

我頭暈腦脹。

沒錯，頭暈腦脹。
我繼續坐著，
並且頭暈腦脹。
是的，頭暈腦脹。
頭暈腦脹……
頭暈腦脹……

1935.9.12

一首直線寫成的詩

我不認識挨過揍的人。
我認識的人都是各方高手。

然而我，經常邋遢，經常噁心，經常
卑劣，
我，不可否認經常揩油
無可辯駁地齷齪，
我時常懶得沐浴，
我經常荒謬可笑，
在公開場合踩到禮儀的地毯而絆倒的我
怪里怪氣、心胸狹窄、諂媚奉承、驕傲自大的我，
飽受羞辱卻一聲不吭的我，
一開口甚至更可笑的我，
淪為房間清潔女工笑柄的我，
感覺門房在我背後眨眼的我，
財務失敗、借錢不還
的我，
拳頭飛來及時閃過
攻擊的我——
為了微不足道小事唉聲嘆氣的我，
深信不疑世上沒人比我還要可悲。

我認識的人都沒做過可笑的事。
和我交談過的人從未受過差辱。
都是人生勝利組，人人皆是……

我真希望能聽見他人發聲
不是承認罪狀，而是不齒行徑，
不是坦承暴力行為，而是懦弱行為！
不，若有人對我說話，我聽見的他們皆是模範。

這廣大遼闊的世界裡，誰願意向我坦承他曾經
卑劣？
噢，人生勝利組，我的兄弟們，
我受夠了英雄人物！
普通人究竟都在哪？

難道我真是世上唯一犯過錯的卑劣之人？

也許女人不曾愛過他們，
也許別人曾經欺騙他們──但他們絕不可笑！
而沒人欺騙過我卻可笑的我──
該如何和我優秀的兄弟說話而不結巴？
向來性格卑劣、卑劣至極的我，
從卑劣這個詞彙來看最卑微低賤的卑劣……

返鄉

許久沒寫十四行詩，
但我還是要寫。
十四行詩屬於童年，而今
我的童年只剩下一顆黑點，

將我從這名為我，持續前進的
移動火車，猝不及防甩了下去。
這首十四行詩就像某個在我
腦中定居冥想（目前兩天）的人。

謝天謝地，我還沒忘記
要寫出十四行等長詩句，
讀者才曉得讀到哪裡……

可是人們讀到哪裡，或我讀到哪裡，
我不知情亦不在乎，
而我的知情可能受到懲罰。

1935.2.3

我們在里斯本市中心的街頭偶遇，他朝我
走來
衣衫襤褸，滿臉寫著專業乞丐的
神情，
一種我也感覺得到的親切感讓他走上前，
我熱情洋溢地比手畫腳，回報他我的
所有
（當然，不是我裝有更多錢的那一隻
口袋：
我不笨，也不是熱血的俄羅斯小說家，
只是一個浪漫主義者，也懂得適可而止……）。

我同情像他這樣的人，
尤其當他們不值得同情時。
是的，我也是乞丐和流浪漢，
同理，錯不在他人，而是我自己。
變成乞丐和流浪漢不代表是真的乞丐
和流浪漢：
只是代表你搭不上社會階級的邊，
只代表你無法適應人生標準，
真實意義或感情意義上的人生標準——
只代表你不是高等法院法官，不是朝九晚五
的職員，不是娼妓，
不是真的貧困抑或慘遭剝削的勞工，
不是得了無藥可醫的病，
不渴望公義，不渴望英勇軍官，
簡言之，不列為小說家描繪的社會角色
範疇之內
小說家把自己搬上書頁，只因為他們有
流淚的大好理由

小說家反抗社會，因為他們有大好理由
讓他們相信自己是叛亂份子。

不：怎樣都好，就是沒有好理由！
什麼都好，就是不去在乎人類！
什麼都行，就是不向人道主義屈服！
若有外在理由，去感受又有何好處？

是的，成為我這樣的乞丐和流浪漢
不只是當個乞丐和流浪漢，這太普通；
應是當個感到靈魂孤單無依的流浪漢，
應是必須乞求歲月流逝，別再煩擾你
的乞丐。

其他人很愚蠢，譬如杜斯妥也夫斯基或高爾基。
其他人吃不飽，穿不暖。
即便這種事發生，也發生在許多人身上，
根本不值得費盡心思去煩惱發生事情的
那些人。
真實情況來看，我是乞丐也是流浪漢，而這
說法也符合比喻，
我為自己由衷感到惻隱之心，並沉溺其中。

可憐的阿爾瓦羅・德・坎普斯！
人生路上如此孤獨無依！如此憂鬱沉悶！
可憐的傢伙，倒在自怨自艾的扶手椅裡！
可憐的傢伙，這天（真摯的）淚水在眼底打轉
以熱情大方奔放的莫斯科人姿態，
施捨了他的全部──從他少得可憐的那個口袋──
掏出所有，捐獻給其實不貧窮、眼神卻訓練有素

透出哀傷的人。
可憐的阿爾瓦羅・德・坎普斯，誰會在乎你！
可憐的阿爾瓦羅，陷入自憐情緒的你！

是的，可憐的傢伙！
比眾多真正流落街頭的流浪漢可憐
又比真正乞討的乞丐可憐，
因為人類靈魂即是深淵。

我早該知道的。可憐的傢伙！

能在我靈魂的集會上造反多麼高尚！
可是我不是笨蛋！
且我沒有與社會有瓜葛的藉口。
完全沒藉口：我的腦袋很清晰。

切勿試圖說服我：我的頭腦很清晰。
正如我所言：我的頭腦很清晰。
切勿對我侃侃而談美學：我的頭腦很清晰。
該死！我的頭腦很清晰。

假期靜思

僻靜山區的夜晚幽謐……
愈見濃郁的靜穆
夜裡看門狗稀疏吠叫……
小小嗡鳴或黑暗中的窸窣聲響
襯托沉默……
啊，這一切教人窒息難耐！
快樂又難耐！
對他人來說是多麼恬靜舒心的生活，
單調乏味的嗡鳴或無謂的窸窸窣窣
在滿天星斗的夜空底下，
狗兒的吠叫偶爾劃破瀰漫的靜謐！

我來此的目的是休息，
卻忘了把自己留在家。
我帶來意識的深沉荊棘、
輕微反胃，以及自我意識難以定義的痛苦。
總是一點一滴被焦慮啃噬，
猶如乾裂黑麵包，麵包屑掉了滿地。
總是苦澀啜飲吞下這股不安，
就像醉漢的葡萄酒也無法抑制的暈眩。
總是，總是，總是
我靈魂的這種可悲循環，
我感受的這種漆黑，
這種……

你纖細修長的雙手，似乎蒼白，似乎就像我的手，
那天安穩擺在你膝上，
像是剪刀和另一個女孩的頂針好生歇著。
你坐在那兒陷入沉思，凝望外太空似的望著我。
（為了能不必思考地去思考某件事，我記得

這件事。）
剎那間，你嘆息著打斷你當時的狀態。
你以有意識的目光凝望著我，說：
「真可惜不是天天都像今天。」
就像那什麼都不是的一天⋯⋯

啊，你有所不知，
幸好你有所不知，
可惜不是天天都像今天，像今天⋯⋯
可惜的是，無論快樂或不快樂，
無論是有意識或無意識，
思考抑或不思考⋯⋯
靈魂都必得享受或忍受萬物的深沉
乏味，
這才叫作可惜⋯⋯
我記憶猶新你毫無生氣的雙手
擺在那裡，靜悄悄。
這個當下我記起它們，多過我記憶中的你。
你現在會是什麼模樣？
我知道，在生命龐大的他處，
你已結婚。我猜你是位母親。也許很
快樂。
又有什麼好不快樂？

只為某些不公不義。
是的，太不公平⋯⋯
不公平？

（這一天田野陽光明媚，我微笑著打盹。）

◇　　◇　　◇

人生……
白酒也好，紅酒也罷，都一樣：總歸要吐出來。

不，不是倦怠造成的……
是堆積如山的假象
污染了我的思想，
這是感受上下顛倒的
週日，
在洞窟度過的假日……

不，不是倦怠造成的……
而是我存在的事實
以及世界存在的事實，
這個包容萬物的世界，
包容的萬物不斷揭露
不過是同樣物品五花八門的同樣複製品

不。為何說我是倦怠？
這只是種具體生命的
抽象感受——
類似沒有發出的
呼喊，
類似沒有遭遇的
焦慮，
抑或沒有完整的遭遇，
或是沒有遭遇，像是……
沒錯，或是沒有遭遇，像是……
就是這樣：像是……

像是什麼？
若我知道，就不會有假性倦怠。
（啊，在街上唱歌的盲人……
一個男人彈奏吉他，另一人拉小提琴，一個女人

的歌聲
合在一起，變成了手搖風琴！）

因為我聽見，我看見。
好吧，我承認：就是倦怠！

費爾南多·佩索亞——本人

實際上，我——在那不情不願的詩人、邏輯推理者等各種角色的面具後方——是一名劇作家。我不由自主產生去人格化的傾向，這點我曾在上一封解釋異名身分的信中提及，該傾向於是乎而自然發展成這個定義。所以我其實不是演化，而是單純前進（……），我不斷改變人格、增強自我能力（此處牽涉某種演化）以創造新角色、打造全新形式，假裝我理解世界，或者可以更明確地說，假裝世界是可以理解的。

（摘自佩索亞筆於 1935 年 1 月 20 日的信件）

節選自《歌謠集》

Fernand Pessoa

噢，我村裡的教堂大鐘，
你每聲填滿寧靜夜晚
憂鬱沉穩的鐘聲
都在我的靈魂裡敲響。

你的鐘聲是如此和緩，
彷彿生命使你哀傷，
你的首次鐘聲
像是已經重複的鐘響。

無論你多麼親密觸碰我
當我恆久漂浮經過，
你對我而言就像一場夢──
在我的靈魂裡，你的鐘鳴遙遠。

隨著你的每一次敲擊，
在天空迴盪，
我感覺往日變得更遙遠，
我感覺鄉愁逐漸逼近。

1911.4.

棄權

噢，永恆的夜，把我當你的兒
攬我入懷。我是一個心甘情願
放棄美夢和無趣王位
的國王。

我將那拖垮虛弱雙臂的劍，
交給強壯堅定的手，
我在候見室放棄了
我粉碎的權杖和王冠。

我的馬刺徒勞叮噹作響
我將我無用的盔甲
留在冰冷石階上。

我卸下王室身分，身心靈皆然，
回到那麼沉靜，那麼古老的夜晚，
猶如太陽下山的風光。

1913.1

盼望的沼澤輕拂過我鍍金的靈魂……
遙遙敲擊的其他鐘聲……金黃小麥在蒼灰夕陽中
黯淡……身體的寒意佔領了我的靈魂……
光陰多麼雋永平等！……棕櫚樹頂
左右搖曳！……
樹葉凝望著我們內心的寂靜……鳥兒朦朧吱喁
的縷縷秋季……凝止不動，遺忘的藍……
賦予光陰利爪的渴望呼喊是多麼悄然！
我的自我恐懼多麼盼望那不哭泣之物！
我的雙手伸向遠方，可是即使探了
出去
我發現我的渴望並不是我所想……
不完美的鐃鈸……噢，迢迢古老的光陰
遭它所屬的時光驅逐！退潮海浪侵略
我不止息地撤退回到自我，直到暈厥，
我是如此執意於當下的我，近乎忘卻自我！……
光暈水氣的背後沒有「曾經」，內在也沒有「自我」……
我成為他者的神祕巨響……在月光中
爆破……
哨兵筆直站著，可是他那鑿入地面
的矛
仍舊比他高聳……這是為了什麼？……平庸的
這天……
荒唐的攀藤拿著「光陰」搔癢著
「後來」……
地平線讓我們的眼對空間視若無睹，地平線不過是
錯誤連結……
未來沉默的鴉片號角……遙遠的火車……
遠方的柵門……穿透樹梢可見……是多麼徹底的
鐵啊！

1913.3.29

收割者

她唱著，可憐的收割者，相信
自己也許快樂。她唱，
她收割，而她的歌聲，充滿
歡快與沒沒無聞的貧困，

猶如鳥鳴輕顫
在空中彷若門階光潔，
她柔軟薄綢般的聲音
編織出歌兒蜿蜒曲折。

聽見她令人歡喜又愁苦，
田野和農務勞動存在在她的歌喉，
她歌唱，彷彿比起生活
她更有高歌一曲的理由。

啊，唱吧，沒來由地唱吧！
在我內心，感受向來是一種
思想。將你顫抖不定的歌聲
注入我的心！

啊，成為你也同時成為我！
擁有你開懷的無意識
並意識到無意識！噢，天空！
噢，田野！噢，歌曲！知識

太沉重，生命也太短暫！
進入我吧！把我的
靈魂變成你無重力的影子！
並且帶著我走，隨你而去！

[1914]

節選自〈斜雨〉

I

我那無垠海港的夢跨越眼前景色
色彩透明的花兒映照在碼頭處解纜啟航的
大船船帆，船隻在水面上拖曳著
那猶如它們陰影、陽光照耀的
老樹輪廓⋯⋯

我夢中的海港陰沉黯淡，
從這側瞥見的風景陽光普照⋯⋯
但在腦海中，今日太陽是座昏暗海港
駛離港口的船隻則是陽光照耀的樹木⋯⋯

一分為二的我一鼓作氣溜進這片景色⋯⋯
碼頭實體是清澈平靜的道路
猶如一堵隆起拔高的牆，
而船隻以垂直的平行
穿越樹幹，
透過樹葉在水面上一一投下
線條⋯⋯

我不曉得夢中的自己是誰⋯⋯
所有港口海水頓時透明無比
我瞥見海底，宛若一幅全展大圖，
整片景色，整排樹木，海港邊發光的
一條道路，
比海港蒼老的航海大船陰影
划行而過

我的海港夢境和眼前景色的
中央，
它逼近我，進入我，
又划向我靈魂另一側……

III

偉大的埃及斯芬克斯 * 在這張紙上
做夢……
我寫下——她則穿透我透明的手現形
金字塔在紙張角落拔地而起……

我寫下——震驚發現我的筆尖
描繪出古夫王的輪廓……
我僵直凍結……
萬物天昏地暗……我掉入時光深淵……
我被埋在金字塔底下，依著這盞明燈
之光寫詩
整個埃及透過我的一筆一畫壓上
我的身體……
我聽見斯芬克斯逕自大笑
我的筆在紙面上飛舞，發出刮擦聲響……
一隻巨大的手，穿越我看不清的她的
身體，
將萬物掃向我身後的天花板

* 人面獅身獸。

角落，
書寫的紙上，在紙張和我飛舞的
筆中間，
躺著古夫王的遺體，他雙眼圓睜
瞪著我，
彼此面面相覷的視線中央，尼羅河流動，
甲板插滿旗幟、興高采烈的船沿著朦朧
對角線，在我和我的思想之間
蜿蜒⋯⋯

我和那悠久黃金的古夫王葬禮！⋯⋯

V

太陽的旋風之外，有旋轉木馬的
馬兒⋯⋯
我內心有樹木、石頭、丘陵的沉靜之舞⋯⋯
光明璀璨市集的絕對黑夜，月光灑在
戶外陽光明媚的白晝，
市集擾亂目光的光線在花園牆面
碰撞出噪音⋯⋯
三三兩兩頭頂水罐的女孩
行經外頭，浸浴在陽光中
穿越密密麻麻的市集人群，
人群和攤位的光線、黑夜、月光
融合，
兩組人錯落交融

最後形成一群實為兩組的人……
市集、市集光線、市集人群
以及捕捉市集並將其高舉空中的黑夜
都在陽光浸淫的樹梢上頭，
它們在太陽微光照耀的石頭底下觸目可及，
它們躍出女孩頭頂著的水罐後方，
完美春季景致即為市集上方的
皓月，
光線充沛、人聲鼎沸的整座市集，則是
燦爛白晝的園地……

驟然有人像是篩網般搖晃著這雙重時光，
兩種現實世界的粉末混合，飄落
我捧著海港之畫的手掌心
碩大帆船正解纜啟航，無心
歸返……
色澤雪白及黑金的粉末沾附我手指……
我的雙手形同離開市集的女孩腳步，
如同這一日，既孤獨卻滿足……

[1914]

隨興詩歌

活在對當下的懷念裡
即使正活在其中……
我們都是空蕩蕩的船，猶如
幾綹凌亂散髮，被悠長
平穩的風吹向前，活著
卻不知自我感受或欲望……

讓我們清楚明瞭這一點
彷彿一池寧靜止水
在停滯的風景中
荒蕪的穹蒼底下，
只盼我們的自我意識
不再受欲望撩撥……

這樣一來，一同存在於甜美的
完整時光，
我們的生命，不再是我們，而是
我們的婚禮前夕：一種色彩，
一種香氛，樹木的搖曳，
死亡不會來得太早或太遲……

重要的是什麼都不再
重要……無論命運
漂浮於我們頭頂抑或安靜晦澀地
蟄伏遠方
命運都一樣……當下就在眼前……
活在當下吧……思考有何好處？

1914.10.11

路人

我聽見鋼琴演奏，笑聲
藏在樂音後。我在夢裡
停頓昂首：聲音來自
那棟高聳建物——三樓。

有多少喜悅藏在那青春的聲響！
是假象嗎？我又如何知道？
他們的愉悅讓我嫉妒得渾身發抖！
平庸無奇？我可沒有。

也許他們正快樂著，就在高聳建物
的三樓。我
行經，夢著那個家，彷彿
夢著另一個國度。

1915.6.24

幽影日記

你還記得我嗎？
很久以前你認識我。
我就是那個悲傷的孩子，你起初不以為意
後來漸感興趣
（對他的痛苦、悲傷等情緒）
最後喜歡上的孩子，幾乎不知不覺。
記得嗎？那個悲傷的孩子在沙灘
獨自玩耍，靜靜地，不與人嬉戲，
偶爾目光哀傷瞟向他們，卻不帶
悔恨……
我發現你偶爾偷偷瞄向我。
你還記得嗎？你想知道自己是否記得？
我知道……
你難道沒有從我悲傷沉靜的臉感受到
同一個總是不和他人嬉戲的悲傷孩子
偶爾目光哀傷瞟向他們，卻不帶
悔恨？
我知道你正在看，卻不明白是怎樣的
悲傷
讓我一臉哀傷。
這不是悔恨或懷念，失望或怨恨。
不……是他在出生前的偉大王國，
從上帝那裡得知祕密
的悲傷——
關於世界假象的祕密，
萬物絕對空無的祕密——
無藥可救的悲傷
當一個人明白一切無意義、無價值、
努力只是荒謬的白費力氣，
人生只是一場空洞，

幻滅總是跟在假象的後腳跟
死亡似乎即是生命的意義……
雖不是唯一原因，你卻在我臉上看見它
使你偶爾忍不住偷偷瞄向我。
除此之外，還有
無情的震驚，來自靈魂
的黑暗寒意
在那出生前的國度
得知上帝的祕密，當生命
尚未透露誕辰跡象
複雜光亮的全宇宙
只是一場未完待續、無可避免的命運。
若它定義不了我，便什麼都定義不了我。
而它確實無法定義我——
只因上帝告訴我的祕密不僅如此。
還有其他祕密，讓我擁戴
不真實的維度，享受其中，讓我培養
長才，能理解無法理解之事，感受到
無法感受之物，
獲得我帝王內心的尊嚴，儘管我本無帝國，
以及我在光天化日下形塑的夢境世界……
是的，所以我的面容
多出一分超出我童年的蒼老，
我快樂的眼神底下藏著焦慮。
你偶爾偷偷瞄向我，
卻無法理解我，
你又偷偷瞄了我一眼，一眼再一眼……
沒有上帝，只有生命，一切皆空
而你也將永遠無法理解……

1916.9.17

我街上有一架鋼琴⋯⋯
門外有孩子玩耍⋯⋯
那是一個週日，太陽
閃耀著喜悅的金黃光芒⋯⋯

我的哀愁讓我
去愛所有不明不確的事物⋯⋯
儘管人生貧瘠，
失去仍令我心痛。

然而我的人生已經
深陷改變⋯⋯
一架我懷念聽見的鋼琴，
那些我想念存在的孩子！

1917.2.25

我的人生該何去何從，誰又會在那裡接手？
我為何總是做我不想做的事？
我的哪場命運不斷邁向黑暗？
我的哪個部分是我有所不知的嚮導？

我的命運有方向也有方針，
我的人生依循某條道路和規模，
自我意識卻是素描一般的輪廓
描繪出我的行動和個人；那卻不是我。

我甚至不知我意會自己做了什麼。
從未意識到盡頭般進展到行動的盡頭。
我所擁戴的歡愉或疼痛其實並不真實。
我持續前進，可是前進的我內心卻沒有我。

主啊，在你黑暗和煙霧中的我是誰？
除了我的靈魂，誰的靈魂棲息在我的靈魂裡？
你為何讓我覺得有路可走？
倘若我所尋覓的道路不是我要的，內心無人前進

只有不是我的腳步舉步維艱地前進，
只有一個埋藏在我行動以外的命運。
倘若意識只是假象，我為何有意識？
介於「什麼」和事實之間的我又算什麼？

我閉上眼，模糊了我靈魂的視線！
噢，假象！我對生命和自我一無所知，
是否至少能享受那一無所知，不談信仰
只有靜靜享受，

我是否至少能沉睡度過這場生命，猶如一片
遭人遺忘的沙灘……

1917.6.5

啊！痛苦，邪惡的憤怒，無法
透過咆哮，痛徹心扉的咆哮
宣洩絕望，
我的心正在淌血！

我言語，吐露字句卻只有聲音。
我受苦，只有我承受。
啊！要是我能從樂音中奪取它
咆哮時的神祕音質！

只可惡我的哀傷甚至無法咆哮，
它的咆哮無法超越
寂靜，寂靜會折返，回來這
滿滿空虛的黑夜空氣！

1920.1.15

你無需

舞台——夢境中的舞台——
演員根本無需作為。
在那裡，一場微笑的命運
熔合了夢境與存在。

夢中的場景，瞞騙他吧！
好戲開場，但切莫出場！
噢，幕間表演的虛構劇情，
愚弄那個創造你的人！

只願靈魂活在超凡
的超然，遺忘人生，
既女性化又平民百姓的人生，
以及那什麼都不是的死亡！

[1921 ？]

地平線，無論誰越過你
都是從眼界，而不是從生命或存在中消失。
當靈魂飄逝，別說它死去。
不妨說：它消逝在遠方的海面。

大海，為了我們，成為所有生命的象徵——
不確定，不改變，超乎我們的視線範圍！
一旦地球繞了一圈，死亡亦完成它的周遊，
船隻和靈魂便會重現。

1922.1.11

無

啊，那輕輕柔柔的演奏，
猶如某個泫然欲泣的人，
一首以詭計與月光
交織而成的歌曲……
什麼都無法讓我們憶起
人生。

一段彬彬有禮的前奏
抑或一抹淡去的微笑……
一座他方的冷冽花園……
在尋覓到它的靈魂裡，
只有空盪翱翔的荒唐
回音。

1922.11.8

我不曉得現在的我是誰。我做夢。
沉浸在自我感受中，我沉睡。在這
安詳片刻，我的思緒忘了思考，
靈魂沒有靈魂。

若我存在，意識到我的存在就是錯誤。若我
甦醒，我覺得我被誤解。我不曉得。
沒什麼是我想要、擁有、記得的。
我沒有存在，亦沒有律法。

夾在錯覺之間的意識片刻，
幽魂束縛包圍著我。
繼續睡吧，未意識他人的心，
噢，誰都不屬於的心！

1923.1.6

註釋

1

每種辛勞都是徒勞。
徒勞的風，騷動徒勞的葉，
敘述著我們的努力，我們的常態。
被動抑或主動，萬物命運使然。

冷靜觀察，自己以外的世界，
無用地帶來真實的
寂寥無垠的可能性。
安靜，除非要思考，否則別去感受。

2

善惡不能為世界下定義。
來自我們以為「高高在上」的天堂
我們稱之為上帝的命運，無視善與惡
既不好也不壞宰制天地。

我們在人生路上有哭有笑，
一下繃著臉，
一下爬滿帶有細小鹽巴的水。
超越善與惡，全由命運主宰。

3

太陽定期往返天空的十二星座，

在我們視線的地平線
永恆升起，永恆逝去。現實，
就我們所知，就是我們的所在地。

我們個人的意識虛構，
我們讓直覺與知識入睡。
而動也不動的太陽，壓根不往返
那實際不存在天空的十二星座。

1925.8.14

鷹架

我用來做夢的時間──
是人生的歲歲年年！
啊，有多少我的過往
只是我想像著未來的
虛構人生！

在這一片河岸上
我無緣由地沉靜。
它空白流動的鏡子，
冰冷而無名，
是我徒然活過的人生。

曾經實現的希望少之又少！
是什麼樣的渴求值得等待？
任何一個孩子的球
都飛得比我的希望高，
滾得比我的冀盼長遠。

河水的波浪，涓涓
甚至稱不上浪，
年年、日日、時時
飛逝如梭──不過是同樣太陽
底下死去的野草或白雪。

我耗盡我沒有的一切。
我比實際來得蒼老。
讓我堅持下去的幻覺
只有一個舞台上的女王：
一旦寬衣解帶，她的王朝便告終。

潺潺河水發出柔和聲響
痛心渴望著你途經的海岸，
朦朧希望的回憶
是多麼睡眼惺忪！什麼樣的夢
會是所有夢和人生的總和！

我從人生創造出什麼？
找到自己時早已迷失。
不耐地，我放逐自己，
好比我可能讓一個瘋子持續
相信我方才證明的全是錯誤。

溫柔河水發出死寂聲響
只因必須於是流動，
別只帶走我的回憶
我死去的希望也一併帶走——
死去，只因它們必須死去。

我已經是我未來的遺體。
唯有一場夢牽繫起我和自己——
我本應要有的模樣
這朦朧又遲來的夢——是一堵牆
包圍起我遭到遺棄的花園。

流經的波浪，帶著我，
前往遺忘之海！
將我遺贈給我不會成為之人——
我，豎起一支鷹架
圍起我未曾建蓋的房子。

1924.8.29

我聽見深夜吹拂的風聲。
我感到高空中，不知道
是誰的鞭子，抽打著不知何物。
一切清晰可聞；隱蔽而不可見。

啊，全都是符號和類比。
這吹拂的風和寒峭的夜
都比夜晚和風來得古老──
它們是存在和思想的幽影。

事物以故事向我們傾吐它們沒說出口的話。
我不知道我用思考毀了哪部戲劇──
夜晚和風所訴說的戲劇。
我聽見了。思考著，聽見卻是徒勞。

萬物輕柔發出嗡鳴，不變。
風不再吹拂，黑夜持續蔓延，
白晝開展而我存在，沒沒無聞。
然而真實發生的不只如此。

1923.9.24

棋戰

卒，他們踏進祥和夜裡，
疲憊並滿是虛假的感受。
要回家了，他們不發一語，
披著一身外套毛皮大氅。

身為卒，命運使然
一次僅能移動一格，除非獲准
斜角前進，
走上嶄新路線，跨越他人的生死。

尊貴的恆久角色，
一如主教與城堡，走地又快又遠，
瞬間由命運掌控
孤獨地行進，嚥下最後一口氣。

一顆又一顆棋子，一路過關斬將，
不為拯救自己，只為他人性命。
遊戲持續，殘酷之手冷漠無情，
不分東西地移動著每一顆棋。

接著，一身皮草絲綢的可憐鬼，
將軍！遊戲結束，倦累的手
撤走敵人不具意義的棋子，
只是場遊戲，什麼都不算。

1927.11.1

過了多少年歲，也許十載，
自我上回行經這條街！
而我曾在此住過一段時間——
約莫兩年，抑或三載。

街頭一如往常，並無變化。
然而若它能看見我並開口，
它會說，「他還是老樣子，我卻變了許多！」
我們的靈魂就這樣追憶遺忘。

我們行經街頭和路人，
行經自我，終結自我；
這時在黑板上，智慧之手
擦去符號，我們重新開始。

1928.3.12

自我身分的痛苦之中
一個想法像是一座塔，
高高聳起眉。在靈魂浩瀚
的孤寂裡，這就彷彿
我的心擁有知識與大腦。

我的製造成分是人工的苦澀，
忠誠於我不知為何的概念。
彷若一個幻想的忠實陪同
我披上我存在的精美袍子
為了國王的人工存在。

是的，我的身分和想望全是夢。
全部溜出我那鬆懈的手掌心。
我荒涼地等候，雙臂懸掛在那——
像是一個乞丐，揮霍光他所有希望
想要乞求施捨，卻提不起勇氣。

1930.7.26

小風琴聲嗚嗚地微弱飄逝，
就在那無形黑暗中某處。
啊，這些偶然的樂音
刺入一個人的敏感心臟！

搖曳的樹，高漲的海，樹叢的
悚然寧靜，一把吉他，一人呻吟——
全都探進靈魂深處，
完全寂寥之處！

當聲音令人心痛，愛意全無，
我們本質的感受是如此朦朧！
去吧，噢，流動的意識！
成為陰影吧，噢，真誠的傷痛！

1930.8.4

我是快樂抑或悲傷？……
老實說，我不知道。
悲傷的意義為何？
快樂又有何好處？

我既不快樂也不悲傷。
連自己究竟是誰都不知道。
我只是另一個存在的靈魂
感受上帝的旨意。

所以我是快樂抑或悲傷？
思考向來不帶來好結果……
對我而言悲傷的意義是
對自己近乎一無所知……

而那也是快樂的泉源……

1930.8.20

我想要自由而虛偽，
不再有教條，義務，應盡責任。
我痛恨各種牢獄，包括愛。
想愛我的人，請千萬別愛！

當我為了發生的事流淚
為了不虛偽的事歌唱，
全是因為我已忘了我的感受
以為自己就是他人。

一名穿透我存在的遊人，
我從微風之中抽出歌曲，
我漂泊的靈魂本來就是
旅途中會哼唱的一首歌。

由於什麼都不需要理由
於是莫大鎮靜的效果
猶如權利自空白的穹蒼墜落
墜入職責一般無價值的大地。

如今清澈天空的一灘雨水仍浸濕
夜間地板，而我，及時
在濕漉漉的衣裳底下，套入一個
或某個社會角色。

1930.8.26

我的妻子，名為孤獨，
她讓我遠離憂鬱。
啊，擁有這不存在的家，
對我的心有什麼好處。

回到家裡，我不聞人聲，
不受盡擁抱的奇恥大辱，
我大聲說話卻無人聆聽：
說著說著，我的詩油然而生。

主啊，倘若天堂真能賦予
美好，儘管萬事全看命運，
就讓我孤獨無依──一件上等綢緞袍子──
自言自語──一個活力充沛的風扇。

1930.8.27

她的存在教人驚艷。
黃褐髮的高姚女子，
光是想像看見她半熟
胴體我就心情愉悅。

她堅挺的胸部彷若
（至少她躺下時是）
清晨時分的兩座山峰，
即便此刻並非黎明。

她連著白皙胳臂的手
手指攤平擺放在
她那裏著衣裳
起伏隆起的腰窩。

她像一艘小船般誘惑，
或一顆柳橙，甜美無比。
我的上帝，我何時可以啟航？
噢，飢餓，我何時可以開動？

1930.9.10

沒人愛我。
等等，確實有人愛我；
但要確信一件你其實
不相信的事實為難事。

我並非不可置信
所以不信，畢竟我知
我很討喜。但不相信
是我的天性，改不了。

沒人愛我。
為了這首詩的存在
我別無選擇
只好承受這種悲哀。

沒人愛是件多悲慘的事！
我可悲淒涼的心！
諸如此類，而這就是我
為了這首詩發想的結尾。

我的感受又是另一回事……

1930.12.25

噢，把街道當作床鋪
嬉戲的貓，
我妒忌你的好運，
因為這並非運氣使然。

掌管著石頭與人
毀滅性律法的僕人，
由直覺主宰的你
只感覺到自我感受。

這就是你快樂的原因。
你的一無所有全屬於你。
我看著自己，卻迷失了。
我知道自己：那不是我。

[1931.1]

我來到窗前
看是誰在歌唱。
一個盲人和他的吉他
正在窗外悲泣。

兩種歌聲都哀戚無比……
融為一體
在世界各地流浪
令人們為之憐惜。

我也是盲人
到處流浪歌唱。
我的道路迢迢，
我卻毫無所求。

1931.2.26

自我心理描述

這詩人是個騙子
擅長演戲的騙子
甚至以他實際感受的痛
裝出疼痛。

讀著他文字的人
從他的文字感受的
不是他感受到的痛
而是它們不具備的痛。

於是在這條軌道四周
這名為心的東西蜿蜒，
一列順時鐘的小火車
娛樂著我們的腦袋。

1931.4.1

我是個逃犯。
一出生就被囚禁
在我體內，
我卻仍順利逃亡。

若是人們待在同一地
會感到厭倦，
對同一個自我怎可能
不感到厭倦？

我的靈魂尋覓我，
但我持續逃跑
真心希望
永遠不會被找到。

單一是一座監獄。
做我自己就是不做自己。
我會活得像個逃犯
卻活得真切而實在。

1931.4.5

入會儀式

你不會在柏樹下入睡，
只因這世界並不得眠。

◇　　◇　　◇

你的身體是衣裳的影子
遮蔽了你更深層的自我。

當身為死神的黑夜降臨，
陰影不曾到來便已消失。
而你不知不覺踏進夜裡
單純是你自我的輪廓。

然而在奇蹟客棧裡
天使拿走你的斗篷；
肩頭少了斗篷的你繼續走
幾乎要沒遮蔽身體的衣物。

接著快速道路的大天使
剝除你，留你一身赤裸，
毫無衣物遮掩，空無一物：
只有你的身體，也就是你。

最後，在洞穴深處，
諸神繼續將你扒得體無完膚。
身體或外在靈魂，已不復在，
你卻發現它們就是你。

◇　　◇　　◇

你衣裳的影子殘存
與我們留在命運國度。
你並未在柏樹間死去。

❖　　❖　　❖

新信徒，死亡並不存在。

1932.5.23

只有理性領導我。
我沒有其他嚮導。
它撒下的光無用武之地？
我亦沒有其他光。

如若創世者
希望我成為一個
不是我自己的人，
他早就把我打造成他人。

他給我一雙觀看的眼。
我看，我瞧，我相信。
而我又怎敢說：
「眼拙是福？」

除了我的凝視，上帝
給了我理性，好跨越
雙眼可見的範圍──
我們稱之為知識的眼界。

如若看見等同於遭到欺瞞，
思考等於迷失方向，
我便一無所知。來自上帝
的它們即是我的真理與道路。

1932.1.2

死亡是一個道路彎角，
死去就是拐個彎消逝。
若我細細聆聽，就聽得見你的腳步聲
我存在時，亦存在著。

地是天造的。
錯誤無巢穴。
沒人曾經迷路。
全都是真理和道路。

1932.5.23

有福的公雞聲聲歌頌
即將化為白晝的黑夜！
彷彿你拉拔提攜我那
倒臥不起的自我。

你純真的高亢啼叫
即是破曉前的清晨。
未來令我感到無比快樂！
最後一顆星辰已經黯淡。

感謝老天，我再次聽見
你清晰悠長的嘹亮呼喊。
天空邊緣逐漸明亮。
我為何停下來思忖？

1932.6.19

不思考的人最快樂，因為人生
是他們的至親，庇護著他們！
行為表現像動物的人最快樂！
與其養孩子，不如擁有信仰，
亦即不了解自我身分或欲望。
不思考的人最快樂，他們只是存在，
存在等於佔有某個空間
並為某個所在賦予意識。

1932.6.29

古老香爐搖盪，
華麗黃金滿是狹縫。
我分神地專注
那儀式的緩慢法令。

然而我的心可聞可見
那隱隱約約的胳臂，
無人吟唱的歌曲，
和其他平面的香爐。

以完美腳步與時機
舉行儀式當下，
他處的儀式亦甦醒，
靈魂是真實模樣，而不是它擁有的事物。

目光可視的香爐搖盪，
清晰可聞的歌曲填滿空氣，
而我參與的儀式卻是
我記憶中的儀式。

誕辰前的偉大寺廟裡，
生命、靈魂和上帝面前……
儀式地板的棋盤
即是今日的天與地……

1932.9.22

我的文字不屬於我，不屬於我⋯⋯
它們來自於誰？
我又是為了成為誰的使者而生？
我承受怎樣的矇騙
相信我擁有的全都屬於我？
是誰將它給了我？
無論如何，倘若我的命運
只是另一場活在我體內的
生命之死，
那麼我，這個從假象看見
的外在生命，
對於從塵土中喚醒
我的祂心懷感激——
對祂而言，我這個揚起的塵土，
不過是個符號。

1932.11.9

世上存在的萬物
皆有歷史
除了我記憶深處
鳴叫的蛙。

世上每個所在都有
目的地
除了傳來蛙鳴的
那一池塘。

我內心有一輪虛幻明月
從燈心草冉冉探出，
池塘出現，隱約依憑月
的光輝。

在哪場人生、哪個地方、哪種方法，
多虧我記憶喪失後的蛙鳴
我是否真如
我記憶中的樣子？

一切皆空——唯獨燈心草間打盹的靜謐。
我碩大古老的靈魂盡頭
青蛙在沒有我的情況下
呱呱鳴叫。

1933.8.13

我不知曉遺忘在那遙遠南海島嶼
的溫柔國土
是真，是夢，或實為夢境與現實
的合體。我只知道，那是
我們嚮往的國土。那裡啊，那裡，
生命青春，愛情微笑。

或許不存在的棕櫚樹叢
以及不可思議遙遠、樹木林立的道路
能為相信有望擁有這塊土地的人
帶來靜心及涼蔭。
我們快樂嗎？啊，也許吧，也許，
在那個國度，等時候成熟。

可是一旦夢到，它的光彩褪去；
一旦思考，我們霎時厭倦思考。
棕櫚樹下，月光旁，
我們感到月光的寒意。
那裡其實跟處處相同啊，處處，
惡無止境，善不持久。

無論夢境或現實，世界盡頭的島嶼
棕櫚樹叢，皆無法
療癒我們靈魂深處的惡疾
或是讓良善走進我們心裡。
萬物就在我們心裡。就在那裡啊，那裡，
生命青春，愛情微笑。

1933.8.30

在我的沉睡與夢境之間，
在我與我自以為是的我
之間，
一條河川無盡流動。

蜿蜒路途，
如同所有蜿蜒河川，
它流經其他不同
遙遠之地的河岸。

它抵達我目前的住所，
在我今日起居的房舍。
若我住在自我裡，它流經我；
若我醒來，它已流去。

我認為是我的那人，在銜接
我和自我的事物中死去，
那個我在河水流經之處沉睡──
河川卻沒有盡頭。

1933.9.11

沒有學徒的師父
擁有一台瑕疵機器
控制桿齊全，而機器，
卻從未製出一件物品。

無人聆聽時，
它就是一把手搖風琴。
安靜不語時，它試著
裝出好奇模樣，卻無人接近。

我的靈魂，十分接近
那台機器，擁有瑕疵。
錯綜複雜，飄忽不定，
並且毫無用處。

1933.12.13

席爾瓦先生

理髮師的兒子逝世，
一個年僅五歲的孩子。
我與他父親相識——已有一年
他在為我剃髮時彼此交談。

他通知我這則消息時，我的整顆
心臟不禁上下震顫；
激動慌亂之下，我擁抱了他，
他倚在我肩頭哭泣。

安定愚昧的人生裡，
我從不知如何是好。
但，我的上帝，我亦感受人類痛楚！
所以切莫說我冷漠！

1934.3.28

我做著白日夢，遠離我身為人
舒適的自我意識。
我不知我的靈魂是誰，
它也不知道我是誰。

去了解？這需要時間。
解釋？難說我辦得到。

在這場我是誰與我是什麼的
誤解之中
天與地之間夾著
一種截然不同的意義。

縫隙之中，誕生出宇宙
星辰太陽多到不可勝數。
它的意義深刻，
我知道它。因它的意義不在我以外。

1934.3.31

是的，平靜總算降臨……
這種古老知覺，
每個生命本質皆可感受，
它告訴我靈魂不會消散，
不管靈魂跟隨哪條道路……

膚淺輕率的眼光？
諸多人共同的信仰？不，
因為我的感受不同。
這是人生，不是信仰……
不在表象，而是心臟。

太陽自西方落下，而我知道
明天我將看見不同的太陽──
迥異又雷同，從東方升起。
一切只是幻象，無物撒謊：
即是萬物的無物便是存在。

1934.3.31

夜晚幽靜之中，淨是永恆不滅
以及我讀過的書，
沒有夢境、感受、冥想地讀著，
幾乎看不見它們。

我抬起因白費力氣的閱讀
瞬間暈眩不已的頭，
即將結束的夜裡我發現寧靜，
卻不是在我心裡。

童年的我是另一個我……為了成為
今日的我，我成長並且遺忘。
今日的我擁有沉默，擁有規定。
所以，我是贏了，還是輸了？

[1934.4]

所有的美皆是一場夢，即便存在，
美畢竟不僅是美。
我在你身上看見的美
不在這裡，不在我身旁。

我在你身上看見的在我夢裡逗留，
距離這裡遙遠。若你真存在，
我也是因為夢到，
才知道你存在。

美是在夢中聽見
的音樂，它溢出流進人生。
可是這並非真實人生：
而是曾經做夢的人生。

1934.4.22

折返的滔滔浪花，
碎碎小小，回到帶領你前來的大海，
你撤退時拍打四散，
彷彿大海什麼都不是——

為何，在你的歸途，
你只願意默默離開？
為何你不將我的心
也帶回那片古老大海？

我擁有這顆心太久
不得不感受它令人疲憊。
就讓那微弱呢喃帶它走
呢喃中我聽見你的逃竄！

1934.5.9

在我們遺忘的世界裡，
我們只是自己的影子，
我們的真實行動則在
另一個世界發生，在那裡猶如靈魂，
在這裡卻只是挖苦的笑容和表象。

深夜和迷惘吞噬了
我們在這裡所知的一切：
對於生命賦予我們的眼而言
那光輝無形的火，
投射與消散的煙霧。

但此一個彼一個男人，細細
觀看，便能從影子和黑影瞬變中
乍然看見另一個世界
賦予他生命的用意。

因此他發現了人生在世的意義
不過是燦爛微笑，
他目光的直覺
回到他想像且認知
的遙遠身體。

那軀殼的思鄉陰影，
雖為謊言，卻感到一條繩索
牽繫起它與那貪婪把它投射於
時空之地的崇高真理。

1934.5.9

海鷗貼地低飛。
據說是天將降雨的徵兆。
可是天還沒下雨。現在
海鷗只是逼近陸地
飛翔——僅僅如此。

同理，當你幸福，
據說悲傷也在路上。
或許吧，但又如何？倘若今日
充滿幸福，悲傷該
從何進場？

它無從進場，因它屬於明天。
那天一旦降臨，我就會悲傷。
今日單純而美好。未來
今日並不存在。我們與它
之間隔了一道牆。

享受你所擁有，為了存在心醉！
把未來留在它的原處。
詩歌，美酒，美人，理想——
無論你要什麼，若是你所擁有，
你只管今日享受。

明日，明日……明日給你什麼
明日再說。現下只管
接受，純真，信仰。
與陸地保持咫尺之遙，依舊飛翔，
猶如海鷗。

1934.5.18

美麗神奇的寓言
好久以前對我訴說
如今仍在我靈魂裡沉睡
卻成了另一種寓言。

往日寓言描繪
仙女、地精、小精靈；
如今講的只有
我們盲從搖擺的自我。

然而認真思考後，
小精靈、仙女、地精
不都是我們搖擺
自我的謬誤投射？

我們創造出不擁有的事物
只因它的缺席令我們抱憾，
無論我們憧憬看見什麼
都成為我們看見的畫面。

之後，倦怠了那個
只看見不真實的幻想，
我們關起所有視窗
將我們的靈魂塵封。

儘管幻想不再，
曾經出現的角色
依舊繁多舞動，
卻只存在我們心中。

1934.6.9

當我死去而你，草地，
變成了我的陌生人，
會有更好的草地
帶給更好的自我。

我在這一片田野
看見的絢麗花兒
會在他方的遼闊田野
成為色彩斑斕的星辰。

而我的心，也許在看見
另一種自然，那比誘騙
我們以為是真實的幻象
更為自然的自然時，

會形同一隻總算降落樹梢
的鳥，回首憶起
這飛逝而過的存在
根本什麼也不算。

1934.7.2

有愛過我的人，
也有我愛過的人。
今日我滿臉通紅
只為曾經的自我。

我深感羞愧
現在的我，是一個
只懂得做夢
卻不曾踏出一步的人，

我羞愧發現
除了夢想自己可能達成
過往──夢想中的成就
我毫無成就。

1934.8.6

女孩三兩成群
路上邊走邊唱。
她們哼著老歌，
是那種躍入腦海時
教人熱淚盈眶的歌。

她們只為歌唱而唱，
只因其他人也唱了……
一鼓作氣唱到結尾，
她們記憶中的歌曲，
雋永古老但卻入時。

在溫暖喧鬧的聲音裡
有個永恆的事物
──生命，喜悅，她們的少女情懷──
把不歌唱的女孩
引來到窗前，

在承諾或盼望愛情的
陰影中，女孩們
聽見自己令人心碎的歌聲
就藏在那歌詞裡
在窗外大笑咆哮。

沒錯，那首飄過的歌
漫不經心地道出
盛大的人類悲劇
關於愛與不愛──
同樣不見盡頭的悲劇……

1934.8.18

夜幕低垂，我不準備見人，
鎖緊門閂，將世界擋在門外，
我平靜簡陋的小屋
跟我一同陷入深深的沉默……

沉醉在孤獨之中，自言自語，
無憂無慮漫步，
我就是那個真正的摯友
今後再也尋不著的朋友。

但有人突然敲門，
整首詩在煙霧中消失……
是鄰居前來提醒我
明日午餐約會。好，我會去。

我再次為門上鎖，關起自己，
試著在我內心重新喚醒
那場漫步，讓我沉醉於
他人模樣的熱忱和欲望。

徒勞無功……傢俱一如既往
逃避不了的四堵牆瞅著我，
猶如一個不再凝視將滅之火
以及再次凝視卻看不到火的人。

1934.8.19

若有人哪天前去敲你的門，
說他是我的使者，
千萬別信，即便對方是我，
我的高大尊嚴容不了自己
去敲響不真實的天堂之門。

然而要是，沒聽見任何人敲門，
你卻正好拉開門，或許會發現
門外有個人站著，似乎在等候
敲門的勇氣，請想清楚。那人
就是我的使者，亦是我，和我
絕望透頂的尊嚴允許我的現身。
打開門，迎接那不敲門的人吧！

1934.9.5

除了無聊，什麼都不讓我無聊。
我想要不冷靜下來的冷靜，
天天服用人生
彷若一顆藥丸——
人人每天服用的藥。

我渴望太多，夢想太多，
太多的太多讓我什麼都不是。
本來最後能溫暖雙手的
愛情魔法，等著等著
卻反讓雙手變得冰冷。

冰冷，空蕩蕩
的手。

1934.9.6

別告訴那個全盤托出的大嘴巴——
永遠不可全盤托出的全部，
絲絨製造的話語
無人知曉它們的色彩。

別告訴那個坦露自我靈魂
的人……靈魂不可坦露。
坦承只留給冷靜之人
讓我們聽見自我聲音。

萬物皆無用且虛偽。
它們是男孩在街上玩的陀螺
只為了看它旋轉而鬆手。
它旋轉。別告訴任何人。

1934.10.11

自由

你問,什麼是自由?自由就是無論必然或機遇,
都不淪為任何事物的奴隸;自由即是迫使命運平等公正。
——塞內卡,寫給盧基里烏斯 * 的第五十一封信

啊,無需完成任務
多麼愉快,
讀一本書時
無需解讀它!
閱讀乏味,
鑽研本無意義。
太陽閃耀金燦
無論有無文學。
河水流動,湍急或和緩,
都不需要原初版本
而微風,自然而然
屬於早晨,
有的是時間,不急。

書籍只是印上墨水的紙張。
研讀只是曖昧區分,
空無和無物的差別。

霧氣瀰漫中,等待賽巴斯汀王 **,
也不管他是否現身,
實在好太多!

* Gaius Lucilius,古羅馬諷刺作家。塞內卡(Lucius Annaeus Seneca),生於
西元前四年,卒於西元六五年,古羅馬時代著名的斯多葛派哲學家。
** 十九世紀艾維茲王朝的葡萄牙國王。

詩歌、舞蹈、慈善都很好，
但世上最好的是孩子、花、
音樂、月光、太陽，太陽唯一
的罪是不讓事物成長，反而枯萎。
比這更美好的
是耶穌基督，
他對財務一無所知
也沒有藏書，至少就我們所知沒有⋯⋯

1935.3.16

灰暗卻不陰冷的白晝……
這個白晝
似乎沒有白晝的耐心
只是出於一股衝動，
利用職責的不適任，
以諷刺鍛造，
最後為白晝帶來光
就像我
再不然
就像我的心，
一顆空白的心
毫無情緒
只追求一個目標──
灰暗卻不陰冷的心。

1935.3.18

愛才是重點。
性只是意外：
可能相同
抑或不同。
男人不是動物：
而是具有智慧的肉體，
儘管會病會痛。

1935.4.5

好久好久以前！
我甚至不確定是否為今生……
回憶太痛……
憶不起是種折磨……

是的，是你，
抑或今日是你的某個人。
你的裸足擱在
蜷伏於你面前的獅子身上。

這種事當然不可能
發生，
但要是發生，人生較不
無趣。

啊，你那恍惚的凝望！
你當初的嘴唇！
我再也不知該如何愛它們，
畢竟打從一開始我就不愛。

承諾著巨大情感鴻溝
的這一切，
只是我凝望著地毯的後果
而後果跟萬物一樣，都在地板上。

1935.8.10

在利馬的一晚

收音機的人聲歸來，
拖著誇飾尾音宣佈：
「現在為您播放
〈在利馬的一晚〉……」

我的笑容凝結……
心臟停止跳動……

不知不覺的收音機
播放著
那甜美可惡的旋律……
那瞬間喚醒的回憶之中
我的靈魂失去自我……

草木茂盛的山坡閃爍光芒
就在那肥碩的非洲月亮下。
我們屋裡的客廳寬敞，而
在碩大月亮的黑暗光輝旁
客廳和大海之間，所有
都亮了起來……
唯獨我站在窗邊。
我的母親正在鋼琴前
彈奏著……
同樣這首
〈在利馬的一晚〉。

我的天，全都成了遙遠又不可逆轉的往事！
她的高貴儀態上哪去了？
她那撫慰人心的安穩嗓音呢？
她飽滿溫柔的微笑呢？

如今唯一
能提醒我這些的
只有這個旋律，同樣的旋律，
仍在收音機播放，
別無他者，正是〈在利馬的一晚〉。

在這光線底下
她逐漸花白的蒼髮是如此迷人，
我從未想過她會逝去
留下我任由我的命運擺佈！

她已逝去，我卻永遠是她的寶貝兒子，
因為對母親來說，兒子永遠長不大！

✢

即使淚眼婆娑，我的記憶
依舊保存
一個更完美輪廓的
完美勳章影像。
我永遠孩子氣的心嚎啕大哭
當我想起妳，母親，已顯蒼灰
的羅馬輪廓。
我看見妳的手指在琴鍵上飛舞，屋外的
月光永遠照耀著我。
在我心中妳彈奏著，永不停歇，
〈在利馬的一晚〉。
……

「小朋友都乖乖睡了嗎？」

「對，都睡了。」
「這女孩也快沉沉睡去。」
接著，妳邊說邊笑，繼續
彈奏，
凝神彈奏著，
〈在利馬的一晚〉。

過去的我是誰都不是的我，
是我愛過卻現在才知道我
愛過的事物，而今我沒有
實際道路，剩下的
只有對過往的鄉愁——
全住在我心裡
藉由光與音樂
和那永恆時刻
在內心的不滅畫面
當時你掀開
並非真實的樂譜
我聽著看著你
持續彈奏永恆旋律
而今它依舊存活
活在我懷念的永恆深處
懷念著你，母親，彈奏
〈在利馬的一晚〉。

漠然的收音機
不知不覺的電台播放著
〈在利馬的一晚〉。

當時我不曉得自己快樂。

現在曉得是因為我不再快樂。

「這女孩也沉沉睡去……」
「不，她才沒有。」
我們笑了，
而我，
在屋外那閃爍著，寂寥冷酷
的月亮遙遠之處，
漫不經心持續聆聽
使我不知不覺做夢的歌，
那使我今日不禁自憐，
溫柔卻無歌聲相伴的曲子，僅有
母親彈奏琴鍵的聲音：
〈在利馬的一晚〉。

✚

要是我現在可以擁有
完整畫面，完完全全濃縮，
收進一個抽屜，
塞進我的口袋！
要是我可以從
空間、時間、人生抽出
那間客廳，那個片刻，
全家人，那種平靜，那段樂音，
抽離收在我某部分靈魂裡，
該有多好，
我可以擁有
直到永遠
活生生而溫暖

跟當時一樣真實
即便是現在，
母親，親愛的母親，妳彈奏著
〈在利馬的一晚〉。

母親，母親，我是妳的兒子
而妳教育我
行為得宜，
今日的我卻是一塊破布
被命運揉成一團，扔向
某個角落。

我可悲地躺在那裡，
但歌曲及我熟悉的
感情、家庭、家人的記憶
旋轉湧上我的心田，
我今天獨自一人，回憶起
我的天，當我聽見
〈在利馬的一晚〉。

那個片刻，那個家園，那種愛
上哪去了，母親，親愛的母親，當妳彈奏著
〈在利馬的一晚〉？

而我的妹妹，
嬌小縮在絨毛椅上，
並不知曉
她是否正在夢鄉……

✢

我是那麼十惡不赦！
我對自己毫不坦誠！
我那乾涸、纖細
理性的靈魂時常
荒謬出錯！
連我的情感都經常
不知不覺地背叛我！

既然我沒有家，
我能否至少住在
我當時擁有的家
的幻覺裡。
我能否至少聆聽，聆聽，聆聽，
佇立在窗邊
不再空白無感，
就在那客廳，我們溫暖的
客廳裡，
在那遼闊非洲，月亮
龐大冷然地閃耀光芒，
無所謂好壞，
在那裡，母親，
我心裡，母親，
見得到妳彈奏，
妳永恆彈奏著
〈在利馬的一晚〉。
⋯⋯

✣

我的繼父
（好男人！心地與靈魂善良！）
將他冷靜強壯的
運動家軀體靠在
最龐大的椅子上
聆聽，吞雲吐霧，陷入沉思，
他的藍色眼珠毫無色彩。
當時還是孩子的妹妹，
在她的搖椅上蜷曲著，
聆聽歌曲，睡著，
微笑著
有人正在彈奏
也許是一首舞曲……

我呢，站在窗前
凝視著所有淹沒景色和我夢境
的完整非洲月色。

那一切都上哪去了？
〈在利馬的一晚〉……
心，碎了！
……

✢

……

但我頭暈目眩。
我不曉得我是看或是睡，
我是否為往昔的自己，
我是記得或遺忘。

某樣東西朦朧漂浮
在真實的我和我的身分之間，
宛如一條河流，抑或微風，抑或夢境，
某樣意料之外的東西
戛然而止，
從它看似終止的深處
浮現了，愈見清晰，
在那柔軟懷念的雨雲裡
一架鋼琴，一個女性身形，一種渴盼……
依舊在我心裡流連忘返，
我在那旋律的膝上入眠，
聆聽母親彈奏，
聆聽，伴隨淚水滴在舌尖上的鹽，
聽著〈在利馬的一晚〉。

✚

淚眼模糊並未使我盲目。
哭泣中，我看見
音樂帶來了什麼——
我擁有過的母親，久遠以前的家，
我曾經的孩提時代，
時光飛逝，所以驚人，
人生只會抹滅，所以驚人。
我看見，然後睡著，
蟄伏中，遺忘自我，
我看見母親彈奏著鋼琴
那雙小小雪白的手，
她再也無法撫摸安慰我，
細心安靜彈奏著

〈在利馬的一晚〉。

啊，一切我都看得清清楚楚！
我再次回到當初。
原本凝視著屋外不尋常月亮
的雙眼移開。

但等等，我的大腦漫遊，音樂結束……
一如我平時的漫遊般漫遊，
內心不確定我是何許人，
也不知何謂真正的信仰或鐵律。
我漫步，以記憶中放縱的鴉片
創造出自我的永恆。
我推崇想像中的女王
卻沒有讓她們入座的王位。

我做夢，因為我沉迷在
回憶樂音的不真實河川。
我的靈魂是一個衣衫襤褸的孩子
睡在昏暗的角落。
在真實清醒的現實裡
我所擁有的自我
是我遺棄靈魂的碎布
以及我那倚在牆邊做夢的腦袋。

噢，母親，親愛的母親，難道沒有
哪個可從枉然中挽回這一切的上帝，
難道沒有可存留這一切的平行世界？
我繼續漫遊：一切皆是幻覺。

〈在利馬的一晚〉……

心，碎了……

1935.9.17

忠告

將你夢中的自我以高牆圍起。
接著，可透過柵門鐵條窺見
的那塊花園，
只種下最活潑的花，
在別人眼中你就是歡快的人。
看不見的地方，你無需種花。

跟他人一樣，鋪設花圃，
好讓路人的目光能望見
你想要他看見的花園容貌。
但在你獨處的所在，倘若
沒人看得見你，就讓野花
隨地綻放，野草自然生長。

把自己變成保護完善
的雙面人，別讓任何窺探的人
瞥見你真實的花園樣貌
一座張揚而私人的花園，躲藏
在野草邊的當地花叢後，
蔓生到就連你也瞥不見⋯⋯

[1935 秋？]

於克里斯蒂安‧羅森克魯茲 * 之墓 ——————

我們至今仍未發現我們睿智明理之父的遺體,於是我們將祭壇挪移一側,好托起一塊扎實的黃色金屬板,上頭擺著一具美麗著名的身軀,毫無腐敗的完好……,他手裡握著一本精巧的羊皮書,上頭鑲有金色字體,書名為《T.》,這是繼《聖經》之後,人類最偉大的寶藏,不可輕易讓世界譴責的寶藏。

《兄弟會傳說》

I

從名為生命的沉睡中甦醒時,
我們發現自己為何人,墜入
身體之物為何,落入黑夜
阻撓我們靈魂之事物為何,

我們是否終會得知那有關存在
或流動萬物的隱藏真理?
不:即使是自由釋放的靈魂也無從得知。
即使是創造我們、控制一切的上帝亦然。

上帝是更神聖的上帝之子。
至高無上的亞當,亦墜落凡塵。
我們的創世者,也是一種創造,

也與真理脫節。深淵,
他的靈,不讓人在天上的祂發現。
在這世上,他的身體,真相不存在。

* 玫瑰十字會的傳奇人物,也可能只是寓言人物。十七世紀出版了三部宣言,包括《兄弟會傳說》(Fama Fraternitatis Roseae Crucis)。

II

那之前有道，現卻遺失
當已經熄滅的無限之光
從混沌中覺醒，而存在的園地
踏進陰影，缺失的道黯然失色。

雖然感覺到它形狀謬誤，靈魂
總算看見自我──不過是陰影──
是世界發光的道，具有人性而受膏，
完美的玫瑰，釘死在上帝的十字架。

然後，天堂門檻前的主啊，
我們也許會探詢更高位的上帝，尋求
我們主人和更高利益的祕密；

從此地和我們的自我之中甦醒，
我們總算在基督當前的血液裡
獲得自由，不再崇拜
讓祂所造世界消逝的上帝。

III

啊，可是我們仍不真實，在這裡遊蕩，
我們攬著自我入眠，雖然夢裡
我們最終也許看見真理，看見的
（我們的視覺只是夢）卻扭曲變形。

尋找軀體的幽影，我們該如何感受

它們的現實，倘若我們找得到它們？
身為幽影，我們伸出虛無的手觸碰
了什麼？我們的觸碰虛幻空無。

誰會從這封閉的靈魂釋放我們？
就算瞧不見，我們也聽得見生命
走廊外的動靜，但要怎麼把門拉開？

❖　　❖　　❖

佯裝死去的他躺在我們面前
那本闔起的書緊貼在他胸膛，
我們的玫瑰十字之父知曉答案，卻默不出聲。

[1935 秋？]

佩德羅蘇什 *

青澀的我有所不知
有天我會長大。
也或許我知道但無感。

那年紀，時光並不存在。
每天都望見同樣的餐桌
屋外是同樣的後院，
而你感受到的悲傷
純粹只是悲傷，儘管你並不悲傷。

我就是如此，
在我之前所有世上的孩子
也都是如此。

一個木製格子柵欄，
高聳而脆弱，
把寬敞後院分隔成
一座果菜園和一片草坪。

我的心變得健忘
眼睛卻不。光陰，別從我眼底
偷走我還是快樂孩子的畫面
至今仍帶給我專屬我的快樂！

對於一個蜷縮在回憶裡的男人
你的冷漠流逝算不了什麼。

1935.10.22

* 佩德羅蘇什是里斯本西部邊陲的區域，佩索亞童年早期多在此度過，住在姑婆瑪麗亞和她丈夫家裡。這對夫妻膝下無子，因此對這位姪兒疼愛有加。

世上有比疾病更嚴重的病；
不會疼痛的痛，不折磨靈魂的痛，
卻比真實的疼痛來得更痛。
夢境的焦慮比生命帶來的焦慮
更為真實；世上有唯獨想像
才能感覺到的感受，這些都
屬於我們，而不是我們的人生。
世上存在著無窮無盡的事物
並不存在，卻永遠存在
永遠屬於我們，它們就是我們……
寬闊河水的混濁蔥綠
海鷗的白色迴旋……
在我的靈魂之上，什麼也不是的無用拍振
不可能是什麼的無用拍振，而這即是所有。

為我多獻上一點酒，因為人生本無意義。

1935.11.19

節選自《訊息》

Fernandsesson

摘自第一部／盾形紋章

盾形紋章：城堡

歐洲，從東延伸至西
撐起她的手肘，從她浪漫
的髮絲底下，用希臘的眼
凝望，追憶。

她的左肘往後一拉；
右肘構成角度。
攤平的那隻手，訴說著義大利；
另一手喃喃吐出英格蘭，並且伸長
那隻托起腮幫子的手。

她以斯芬克斯的致命目光
瞅著西方，往昔的未來。

那張凝望的臉龐是葡萄牙。

1928.12.8

盾形紋章：盾牌

諸神給予他們販賣之物。
榮耀的代價是逆境。
憐憫快樂之人，因為快樂
稍縱即逝！

讓那些自稱足夠的人
擁有足以為足夠的事物！
人生短暫，靈魂浩瀚：
擁有就是一種耽擱。

上帝，以逆境和恥辱
定義基督，
說他不屬於自然
並上膏封他為子。

1928.12.8

尤里西斯

神話是萬物的無物，
劃破天際的太陽
是閃耀沉默的神話──
上帝死亡的身體，
赤裸而具生命。

此處下錨的英雄，
因為從不存在，漸漸有了存在。
即使從不存在，他亦滿足我們。
他從未來過這裡，
卻成為我們的創建者。

於是傳說，一點一滴，
滲透融入現實，
擴散滋養著它。
底下的生命，一半為
無物，枯萎腐爛。

維里阿修斯 *

若能感受與行動的靈魂唯有透過
喚醒遺忘的回憶才有知識，
我們的種族存活是因在我們心中
關於你本能的回憶留了下來。

多虧你的重生，誕生一個國家
因你起死回生，有了一種民族
（你抑或你所代表的）——
這就是葡萄牙的建國史。

你的存在就像是冰冷天光
破曉前的一道曙光
已是黎明邊緣黝黑混沌裡
蠢蠢欲動的白晝。

1934.1.22

---

* Viriathus，率領塞爾特伊比利亞部族對抗羅馬的盧西塔尼亞英雄。

勃艮第的亨利伯爵

所有開端都並非自願。
上帝是主要推手。
英雄是自我的目擊者，
不確定又不知不覺。

你凝視著手中那把
你發現的劍。
「該拿這把劍如何是好？」

你舉起它，它就完成了任務。

葡萄牙的賽巴斯汀王

一個狂人，是的，因為我想要的偉大
是命運無法授予。
我的心裡裝不進篤定，
於是我在異國沙灘留下的是
過去的我，而非現在的我。

讓他人承襲我的癲狂
以及所有癲狂的後果。
少了癲狂，一個男人不過是
一頭健康的野獸，
會繁殖而延遲死亡的屍體？

1933.2.20

摘自第二部 / 葡萄牙海

地平線

噢，比我們古老的海，你的恐懼
埋藏了珊瑚、沙灘、森林。
從黑夜與迷霧揭開面紗，
從抵擋的暴風雨，未知之地，
啟蒙的船隻看見了遠方
綻放成花，南方天空閃爍微光。

船隻逐漸逼近海岸的僵硬
線條時，遠方看來，貧瘠空洞，
鋪滿樹木的山坡現形。再近一點，
陸地上衍生聲與色；
一上岸，鳥兒花卉
冒出原本抽象的線條上頭。

做夢等於看見模糊遠處的
無形形體，然後，
在希望和意志的直覺推動下，
於冰冷地平線的樹木、沙灘、
花卉、鳥兒、泉源之中——
尋覓真相為應得之人獻上的吻。

哥倫布們

他人必然擁有的
是我們必然失去的。
他人傾向於發現
我們在發現之中
與命運相符的
發現抑或未發現之物。

但他們無法擁有的
是讓它搖身一變歷史
的遙遠魔法。
於是他們的榮耀
是調整後的亮度，光源
則是一道借來的光。

1934.4.2

西方

用行動和命運這兩隻手——
我們揭開它。一手往天
高舉閃爍神聖的火炬，
另一手掀開面紗。

無論為西方掀開面紗的那隻手
是命中注定抑或偶然瞬間，
科學都是靈魂，膽識則是身體，
與揭開面紗的那隻手相連。

無論機會、意志、風暴
是否為舉起閃耀火炬的那隻手，
上帝都是靈魂，葡萄牙是身體，
支撐起那隻高舉火炬的手。

第五帝國

居住家中的男人哀傷，
滿足於他的壁爐，
不抱持夢想，夢想的翅膀
拍振引起死灰光火烈紅
溫暖的火中，等著被遺棄！

快樂的男人哀傷，
活著只為生命延續。
他的靈魂教導不了他
根源能夠傳授的：
為了一場生命埋葬。

就讓年代更迭
在這以年代分野的時期。
作為人就是要不滿足。
讓他靈魂的視野
抑制盲目的力量！

當一個做夢者的
四大年代劃下句點，
孤寂夜晚的昏黑中
展開的耀眼之日
大地即是舞台。

希臘，羅馬，基督教，
歐洲——四大年代將前往
所有年代前往之地。誰會

前來，活出逝去的
賽巴斯汀王的真理？

1933.2.21

迷霧

沒有國王或律法，沒有戰爭或和平，
可以清晰實在地定義
這塊土地的黯淡輝煌
那被悲傷懷抱的葡萄牙——
無光無暖的光明，
猶如鬼火的光輝。

無人知曉他要的是什麼。
無人知曉他的靈魂為何。
無人知曉何為善何為惡。
（是什麼遙遠企盼在周遭啜泣？）
一切都不確定而逐漸消逝。
一切分崩離析，不再完整。
噢，葡萄牙，今天的你是迷霧……

時候到了！

1928.12.10

Fernando Pessoa

薄暮籠罩著漫長徒勞的白晝。
就連它拒絕賦予我們的希望都
碎裂成無物……人生是一個醉醺醺的
乞丐，朝他的影子伸出手。

——————

我們睡到宇宙盡頭。無垠
漫佈四方的質量編織著我們
心中的夢，迷醉的人類熔爐
在種族之間空洞迴盪。

——————

歡愉後是痛楚，痛楚後是歡愉。
今日我們歡慶飲酒，
明日我們傷心而醉。
兩隻酒杯都一滴不剩。

——————

每一日都賜予我希望的理由
而哪一日都無法帶給我希望的理由。
每一日都讓我期盼到疲憊……
可是活著就得希望，就會疲憊。

——————

黃金或紅銅膚色人種，
被放在同一個地球上，用同一顆太陽取暖，
兩種膚色都留不下痕跡
抑或被人記得，無論天上或是地下……

―――――

已經將近四十回
我的太陽帶我來到同樣場景
以萬物感受到的老化教我老化
既然由命運取消，也由命運完成。

―――――

成千上萬與你相同的人此刻掙扎著
否認他們對存在事物的欲望。
成千上萬與你相同的人，猶如逐漸甦醒的男人，
再次淪為奴隸，服侍無止境又虛榮的今日。

―――――

讓命運塑造他的男人可謂明智。
如若我必須擁有榮耀或不幸，
我會沒有欲求沒有作為地來。
會發生的終會發生，已發生則消逝。

―――――

喝吧！人生既不好也不壞。
我們為人生付出的終有回饋。
萬物皆會回溯至先前的狀態。
沒人知道是什麼抑或會是什麼。

―――――

努力跟信仰的延續一樣長。
但什麼會延續，延續多久，只為一個不會延續的？
啊，喝吧，喝吧，喝到你忘卻
如何及為何，何去又何從！

―――――――

我受夠老聽見「我會去做。」
去做或不去做，由誰主宰？
某種動物被強加靈魂，
人類斷斷續續地睡。我只知道這些。

―――――――

別說靈魂永遠存活
或是身體一旦埋葬，就無法再感受。
你什麼都不知道，你又知道什麼？
喝吧！關於今天，你什麼都不知道。

―――――――

在錯綜複雜的睡眠狀態放下
你對科學的意識。望著
映照在葡萄酒紅鏡子裡你慘白的臉
然後飲下那面鏡……以及你的意識。

―――――――

我沉思過多少神祕釋經學！

卻始終找不到它們或自己。
把神祕學留在它的井裡，只管享受，
當你還能享受太陽、你的房屋、花園。

───────────

無欲無望，無愛無信仰，
窮盡一生拒絕生命，直到
推開玩具上床去睡的時刻
到來。萬物都不是它們該有的狀態。

───────────

你可以將生命形塑成你要的模樣，
你有生命之前，生命早已形塑。
你為何想要在地面上追逐
飄浮雲朵稍縱即逝的影子？

───────────

你死了，我哭泣，我繼續哭泣，
因為我知道為何哭泣，也會繼續哭泣：
不是為了悔恨你已不在
而是為了未來我的不在。

───────────

萬事徒勞無功，就連知曉這件事也是。
白晝轉為黑夜，黑夜再造白晝。
聲明放棄、令人敬畏的前夕，

對放棄聲明宣布棄絕。

─────────

為他的遺缺上鎖的男人是明智的，
這樣就沒人知道他代表的空白。
每個面具底下都藏著一個頭骨。
每個靈魂都是無名之輩的面具。

─────────

別為了科學或應用科學煩惱。
在這名為人生的幽暗房間裡，
測量桌椅能夠帶來什麼好處？
只管使用，別測量；你總得離開房間。

─────────

太陽依舊閃耀，我們安靜享受。
它離開天際之後，不妨休息吧。
等到它歸返，也許找不到我們。
但也可能將是我們歸返。

─────────

科學沉重，意識教人不安，
藝術站不住腳，信仰盲目遙遠。
人生必須活著，卻白費枉然。
喝吧，為了那從不抵達的旅行隊。

―――――――

喝吧！如果你在傾聽，會聽見草與葉
的聲響，由風吹送至你的耳畔，
但沒什麼大不了。這就是世界：
一個尋常的遺忘運動。

―――――――

你摘採玫瑰？可你摘的豈不是
彩色的死亡圖案？但還是摘吧。
既然能讓你開心，為何不摘採，
再說萬物都有自己的解決之道？

―――――――

仁慈的太陽輪替了星座十二遍
並未提供外在協助地協助我們。
我們繼續活著，繼續當著自己
直到死亡降臨，協助不是我們的我們。

―――――――

宇宙的全貌是他物，
而困境，就像乾枯海草或紛落樹葉，
漂浮在無物的表面。輕微的風
稍微吹皺了水面，這就是人生。

―――――――

拿你不會擁有的愛情換來美酒。
你正等候的，會永遠讓你等候。
你啜飲的，你會啜飲。凝望著玫瑰。
等到你死去，還會聞到哪種玫瑰香？

─────────

若你跟所有有形之物一樣必須死去，
活三十年抑或一百年
並無差別。喝吧，忘了吧。吐出希望，
嘔出寬容，尿出信仰。

─────────

就像是被起起落落的風乍然
吹揚起路面的塵埃，
生命空洞的氣息讓我們從無物
崛起，停止，我們又回到無物。

─────────

等待令人厭煩。思考沒有比較好。
我們毫無價值的日子沉悶寧靜地
流逝過我們身邊，沒有思考或等待，
甚至更為致命，更為微小。

─────────

人生就是大地，生活就是泥土。
萬物皆是風格、差異或方法。

無論做任何事，你只需當自己。
無論做任何事，都是完整的你。

——————

無論哪個統治者，只因他是統治者而統治，
無論他的統治是好是壞。
時機成熟時，每個人都將好得不得了。
每個人內心深處都是同樣的無名小卒。

節選自《浮士德》

Fernandebessoa

宇宙唯一的祕密
就是有個屬於宇宙的祕密。
是的，太陽無意識地照亮
大地，樹木，四個季節；
我踩過的石頭，白色房屋，
人們，人類情誼，歷史，
發生的點滴——傳統或話語——
靈魂與靈魂，聲音，城市之間——
一切皆無解釋，說明為何
它們存在，亦無可以言傳的嘴。

太陽為何不升起宣布
是什麼祕密？什麼樣的祕密能解釋
為何我腳下的石頭存在，
我為何需要呼吸我呼吸的空氣？
這一切只是荒唐可怕的機器。
我們對於自己的全身和視線，
也就是身體的靈魂一無所知。

為何有萬物？為何有宇宙？
為何宇宙是這個宇宙？
為何宇宙塑造成這個模樣？

為何世界是這個模樣？為何有事物？
為何有世界，為何世界是這個樣子？
為何有「這裡」、「那裡」、意識、差異？

深夜的獨白
……
噢，瞞天過海的宇宙系統，

空虛的星辰，不真實的太陽，
我受到驅逐的存在痛恨你們
恨意既實際又令人震驚！
我就是地獄本人。我是黑色基督
被釘在屬於自己的烈火十字架。
我是一無所知的知識，
受難的無眠，蜷伏在世界恐懼
寶典上的思想。
……

◇　　◇　　◇

人生短暫又稍縱即逝的本質證實了
這肯定是場夢。身為做夢者的我
隱約感受到知曉自己終要醒來
的憂愁，死亡本身帶來的恐懼
少於死亡帶走我的夢，
帶給我現實
的恐懼。
……

◇　　◇　　◇

……
啊，對於行動的形而上恐懼！
我的姿態脫離了我，
我看見它們在空中猶如
風車翼，完全不屬於我，感覺
我的人生在它們裡頭旋轉！
我永遠不變，不變，不變！

永遠是在神祕和罪大惡極中
看見與感受到一切的那個人，
而神祕就是我血管裡的血液……
永遠……什麼都不能療癒或消滅我！
倘若某樣東西
廢除我的存在，而不是我該有多好！

◇　　　◇　　　◇

他人形而上的恐懼！
其他意識的畏懼，
就像一個監視著我的神！
我多希望
我是宇宙唯一的意識，
其他人的目光便觀察不了我！

視覺活生生的奧祕透過他人
緊盯著我，而他們望見我
的恐懼令人難以招架。

我不能想像自己哪裡不同，
也無法想像這個意識——我的雙胞胎——
擁有其他形式，抑或迥異
不同的內容。我看見的是
男人、動物、野獸與鳥
活生生可怕地凝視著我。
我就像萬能的上帝，有天
理解他並非唯一
他無止境的凝視如今對質
其他無止境凝視的恐怖。

啊，要是我至少能反映超越
上帝的超然光輝該有多好！

◇　　　◇　　　◇

倘若今日我珍惜的某人死去
（倘若部分的我仍能專注於
自身體外的事）──若我愛的人
（就讓我們承認這個可能）會死，
我不再哭泣或感到悲愴：只是心寒，
僅此而已，死亡無言的現身讓我心寒，
三倍加強了我的神祕感。

◇　　　◇　　　◇

情歌偶然爬上了
我的唇，我直覺渴求
一段逝去的愛──是的，
渴求那我無法再愛
永恆逝去的未婚妻。
啊，多幸福啊
要是能夠消滅思想和情感
（我最恨也最珍惜的），
我該有多幸福，在一場
空白勞費的人生傾注自我，
充滿愛與感情！我會從存在的小溪
汲取喜悅，不去過問
它從何處而來，將在何處止息。
幸福是專門獻給感受不到幸福的人。

完全可觸的神祕恐懼
如今歸來折磨我的思緒！

◇　　　◇　　　◇

當兩個青春的
存在自然而然陷入愛河，
恍若香水和諧
灑在繁花盛開的大地，
但我陷入愛河的想法
讓我從內心深處爆出
一個驚恐笑聲，
畢竟我的模樣如此可笑，
畢竟不習慣如此自然的事。
當我思索著愛，我從未
感到如此陌生而格格不入，
對我的命運充滿恨意，
對於人生的精髓憤怒不已。
感情在我的體內沸騰
促成極惡極卑劣罪行的
一朵厭惡憎恨的烏雲
也無法表達我所感受
那平凡無奇的卑鄙。

◇　　　◇　　　◇

深夜的獨白
……

你在我心裡燃起了形而上的恐懼，
不是心理而是發自肺腑的恐懼！

噢，對肉體恐懼的邪惡形上學，
對愛的恐懼……

在你的身體和我對它的慾望之間
你有意識的裂隙蔓延。
倘若我能去愛你擁有你該有多好
而你不必存在，也不在那裡！

啊，我孤獨的沉思習慣
就這麼放逐我體內的動物
我不敢挑戰這個邪惡世界
萬惡生物的下意識行徑！

我遮掩我本能的天性
不讓人發現，而面對觀察之眼時
我已不知該如何展現我任何本能，
動作也好，舉止也罷，
不曉得該如何讓我的身體和舉止
見證我是誰！要是你看不見該有
多好，噢，他人的眼睛和雙手！
我甚至不知道身體或靈魂該怎麼
對他人坦誠相對！永恆的孤寂……
……

❖　　❖　　❖

尋覓的祕密就是什麼都無法尋獲。
亙久的世界無窮盡無止境
白費力氣打轉，困在另一個之中的世界。
有我們，以及諸神，還有諸神的諸神，

我們各散四方，在他們之中迷惘
甚至無法在無限之中找到自我。
沒有不變的事物，而不定的
崇高真理之光永遠走在
人類與諸神之前。

❖　　❖　　❖

啊，萬物皆是符號和類比！
吹拂的風和冰寒的夜
都不是夜和風——
而是人生和思想的影子。

我們看見的所有都是他物。
浩瀚洶湧的潮汐，狂暴肆虐的潮汐，
都是另一個流動潮汐的回聲
來自一個實際真實的世界。
我們擁有的只有健忘。
冷峭的夜和風的吹拂
都是手部動作的影子
都是此一幻覺的母幻覺。

❖　　❖　　❖

無止境受制於無垠錯誤——
難道不就是我們的現實？抽象
和無限掩飾的世界難道不是
一種永恆錯覺，注定是
永遠的遮掩與抽象，
它的一致是種不精準，

一種無限的完整，不只是完整，
真理和錯誤的定點不過是
更大錯特錯的錯誤？

◇　　　◇　　　◇

萬物超越了萬物。
內在和無限
遠離本質，亦即宇宙，
藉由存在，欺騙自己。

◇　　　◇　　　◇

宇宙的崇高奧祕，
是唯一的奧祕，所有的奧祕，
即是宇宙奧祕的存在，
是宇宙的存在，任一事物的存在，
是存在的存在。噢，存在不時在
我心裡裝腔作勢，朦朧抽象的形體
光是這個念頭就已是從大地和墳墓
吹送進入我體內的冷風
從我的靈魂吹送至上帝。

在我心裡
······
我踏上自我的邊緣往下一瞧······
有座深淵······在那座深淵裡，宇宙
和它的時空是一顆星，深淵裡
還有其他宇宙，有著
其他時空的存在形體，

其他不同於這個生命的生命……
靈魂也是一顆星……我們默想的上帝
是太陽……亦有其他神祇，其他屬於
不同現實的靈魂……
我讓自己一頭栽進深淵，並留在
自我裡……從不降臨……我閉眼
做夢——醒來時看見自然……
於是我回歸自我，回歸生命……

❖　　❖　　❖

啊，一口氣嚥下人生，一口氣
蘊藏所有人生感受
各形各狀，有好有壞，
困境，愉悅，雜務，
各種地方，旅途，探索，
各種罪惡，貪欲，形形色色的墮落！

過去我想要
在樹與花之間狂喜，
夢見懸崖、大海、寂寥，
但今日我推開那瘋狂構想：
任何讓我接近奧祕的事物
都令我惶恐焦慮。今日我只想
感受，五花八門的感受，
世上萬物和所有人的感受——
不是泛神論狂熱的感受
而是人類愉悅的長久震顫，
我的性格永遠改變
在一條感受河川融合它們。

我想要淹沒在騷動、光、人聲中
——淹沒在混亂卻司空見慣的事物裡——
這種荒蕪感受填滿了我
淹沒了我。
我多麼想欣喜地
一整天、一個鐘頭、一口氣體會
所有邪惡的總和，即使這意思是
我將永遠受困於
——啊，真是瘋狂！——地獄裡！

英語詩

這些詩不時穿插某些古怪奇特的表達方式,但請切勿歸因於我的外國人身分,也切勿讀了這些詩就妄下我是外國人的結論。即使用葡萄牙語創作,我仍不改本色,甚至表現更為誇大。(……)

事實上,這些表達形式都是源自於極端的泛神論心理,這種心理打破了明確思維的藩籬,所以肯定違背了邏輯意義的規則。

(摘自 1915 年 10 月 23 日,佩索亞連同 16 首詩、一併寄給一名英國出版商的信)

亞歷山大・舍奇的詩

Fernando Pessoa

雋語

「我熱愛我的夢，」一個冬季清晨裡，
我對一個實際的男人說，而他，輕蔑
答道：「我不是理想的奴隸，
但和所有具有知覺的人一樣，我熱愛真實。」
可憐的蠢蛋，誤會了所有的虛與實！
我熱愛我的夢時，亦熱愛真實。

[1906]

上帝的傑作

「上帝的傑作——他的力量多麼偉大！」他說
當我們凝視眺望著
大海騷亂地拍打著
陸岬四周的沙灘。

下一刻船艦轟然撞擊，
魯莽的海水在她的甲板上
形成深刻可怕的撕裂傷口。
「上帝的傑作，」我說。

1906.7

魔法陣 ━━━━━━━━━━━━━━━

我在地面描繪出一個魔法陣，
一個詭異神祕的形狀
我以為這蘊藏著大量
變化的沉默符號，和
法則複雜的公式，
亦即變化的嘴巴下顎。

我簡單的想法徒勞防堵
這一波瘋癲氣流，
而我的思想卻無可避免
陷入符號與類比：
我以為一個魔法陣可以冷靜
濃縮所有奧祕的暴力。

於是我抱著神祕哲思的心情
在那裡描繪出一個奇異的圓；
儘管已經小心翼翼描繪，
描出的圓形仍不完美佇立著。
從魔法的失敗我深深學會了
一課，令我不由得嘆氣。

1907.7.30

神廟

我蓋好屬於我的神廟——牆壁與門面——
跳脫空間概念之外，
猶如一艘裝備齊全的船，架構複雜；
我用我的恐懼砌好它的牆，
以各式各樣奇形怪狀的思想和淚水搭起塔樓——
那奇異的神廟，像是死亡的頭旗展開，像一把
抽打刺痛著我靈魂的鞭子般捲曲，
而這座廟比世界來得真實。

1907.8

節選自《三十五首十四行詩》

Fernando Pessoa

I ────────────────

無論是寫是說是存在都沒人看見
一直曖昧不明的我們。無法
將自我傾注於文字或風采。
來自我們的靈魂無限遙遠。
無論為我們想法帶來多少意志
儲備我們自我展示靈魂的藝術，
我們的心仍然不可言傳。
在展示自我時飽經冷落。
任何眼睛的技巧或思想或花招
皆無法牽繫靈魂至靈魂的深淵。
當我們說出自我想法自我存在
我們與自我相互刪節。
我們是自我的夢境，微光下的靈魂，
彼此與彼此之間夢著他人的夢。

[1910.8]

VIII

我們戴著多少張面具，面具下的面具，
戴在我們靈魂的臉孔上，要是靈魂
自稱卸下了面具，我們何時會知道
它脫下了最後一層面具，臉上坦蕩無物？
真實的面具感覺不到面具的內部
卻以同樣戴著面具的眼望出面具。
無論是怎樣的意識展開任務
接受任務即是為了繫牢睡眠。
就像遭受鏡子反射臉孔驚嚇的孩子，
我們的靈魂，正是孩子，失魂落魄，
在他們的猙獰鬼臉上戴起其他張面孔
讓全世界參與他們遭受遺忘的動機；
當想法卸除我們靈魂的面具，
它就在不戴面具的舉動前摘下面具。

[1912.5]

我的愛是自我主義者，我不是。
比起愛你，我對你的愛更愛它自己。
對，亦更勝於我，也就是它所存活的所在，
並讓我活著，好讓它吸取我的養分。
在一個充滿橋樑的國家，這座橋樑
比與它相連的沙岸來得真實；
於是在我們的世界裡，所有關係裡，這
很真實——愛比哪一位愛人都來得真實。
這個想法於是輕輕來到懷疑的門前——
要是看見世界本質的我們，不只是
間隔，上帝的缺席，便別無他物，
就只是真實意識和思想裡的空洞。
倘若思想可能結下這顆果實，
真理何以不可能結實？

1912.7.9

XXXI

我比大自然和她的光陰蒼老
因為我有雋永的意識，
以及成人後對地域的遺忘
我的出生地卻讓我有國土。
透過我的思想，一名流亡者的渴望逃離至
那過往夢想國度的燦爛日光，
我卻無法回憶起色彩或形狀
可是它像是散發微光般糾纏著我數個鐘頭
卻始終不是記憶中的光，
左右腦都沒有辦法想像；
我的四面八方嚐起來像是生命死去的滋味
世界誕生，並不是為了讓人不相信而存在。
因此我把希望寄託在未知的真相；可是
我該如何從希望獲得未知的真相？

1912.12.24

節選自《瘋狂小提琴手》

Fernandbesson

遺失的鑰匙

從沙岸的視線出發！
厭倦了每片海洋！
萬物不單是它們
呈現的表象。
誰的腳步行經我門前？

放棄形狀與思想！
讓感官感受褪去！
噢，悲傷欣喜地
過度焦慮，直到幸福迷失！
哪些鳥是我窗前瞬速的陰影？

可是這些腳步不是腳步，
鳥兒只是夢中的翅膀，
一抹痛楚仍然逾越了
它所依附的那段人生，
雖知曉我內心腳步對傷痛毫無益處
而我內心沒有鳥兒會唱出這股疼痛。

[1913.2.8]

間隙之王

不知何時，也許我不確定是否曾經有過——
他卻曾經實際活過——某個未知的國王
他的王國是奇異的間隙王國。
他是物與物之間的君主，
相互依存的君主，介於我們
清醒與睡眠之間，介於我們
沉默與言語之間，介於我們
與我們意識之間的君主；於是
那個古怪國王從我們時空場景的思想
隱退至一個奇異的沉默王國。

那些功業從未達成的
崇高目的——介於它們與未完成功業之間
他從未加冕地統治著。他是介於眼睛與視線，
既非視而不見也非真正未見之間的謎。
他本身從未結束亦從未開始，
懸在他空白存在的空白棚架。
而他不過是個人存在的缺口，
一只無蓋盒子，裝盛不存在者的不存在財物。

所有人都以為他是上帝，除了他自己。

1913.2.17

不安之書

全球五十四個國家共同票選「歷史上最棒的一百本書」。
臺灣首度出版經典全譯本。

仿日記體片段式隨筆，費爾南多·佩索亞化身為無數名「異名者」，粉碎自己的內心，探究平凡自我無數可能的面向，深入心底，直達失落的靈魂禁區。

《不安之書》是費爾南多·佩索亞的代表作之一，全書內容曾經長期散佚，且多為「仿日記」形式，在佩索亞逝後五十年，終於由眾多研究專家蒐集整理而成。本書是目前為止最完整的中文譯本，也將打開一扇讓讀者窺見他浩淼哲學宇宙的大門。

佩索亞在散文和詩歌中幾乎不使用本名，而是通過「異名者」的身分進行寫作。在其他的作品中，這些「異名者」甚至有自己的傳記、個性、政治觀點和文學追求。佩索亞穿梭在數十位「異名者」之間，不斷變換隨筆的立場，其中以會計助理身份出場的「貝爾納多·索亞雷斯」與他本人最為接近，也在相當的程度上呈現佩索亞對生活、對命運、對世界的深刻認知，以及一個瀕於崩潰的靈魂的自我認識。

《不安之書》的「不安」代表永遠處於躊躇、不確定和過渡中，
是靈魂的無政府主義者，以各種角度檢視所謂的「存在」與「真實」。

自決之書

《自決之書》是理性的頭腦與感性的靈魂在絕望中拉扯，
不只是一個人，而且是一個一個創造者，在與他自己的限制抗衡。

《自決之書》的異名創作者特伊夫男爵與《不安之書》的異名創作者索亞雷斯有相似的性格，互為鏡像，然而掙扎於完美、缺憾、禁慾、縱情、虛無、高傲的特伊夫男爵更加纖弱敏感，他崇尚信仰自然與理性的斯多葛學派，卻無法抑制自己對感情的渴求，渴望被愛卻又恐懼被愛，同時受限於社會地位的束縛，無法像索亞雷斯一般在這千瘡百孔的世界自得其樂，最終，無解的特伊夫男爵焚盡手稿，獨留一封遺書於抽屜深處，對自己做出了裁決。

本書亦收錄了佩索亞的文學評論及若干散文，其中涉及「莎士比亞」、「感覺主義」、「無政府主義」等主題，並在本書中記述了他主要異名的起源。他以異名書寫孤獨，在心神的荒野流浪、變遷、散佚……